DER FLUCH DER FLITTERWOCHEN

MISS DOLITTLES GEHEIMNIS

BUCH 17

MOLLY FITZ

KATZENGEHEIMNISSE

Whiskered Mysteries
https://whiskeredmysteries.com/

ÜBER DIESES BUCH …

Das historische alte Herrenhaus aus Sandstein, das Charles und ich für unsere einwöchigen Flitterwochen gebucht haben, scheint einem Märchen entsprungen zu sein.

Das heißt, bis es anfängt, auseinanderzufallen … *und das im wahrsten Sinne des Wortes.* Bereits in unserer ersten Nacht bricht das Treppenhaus direkt unter meinem armen Mann zusammen, und es grenzt schon fast an ein Wunder, dass er sich nicht ernsthaft verletzt hat.

Ich schlage vor, dass wir uns eine andere Unterkunft suchen, aber Charles versichert mir, dass es ihm gutgeht und er die Woche hier irgendwie überstehen wird. Und als wir dann auch noch im Garten über ein herrenloses Kätzchen stolpern, das verzweifelt nach seiner verschwundenen Mama ruft, hat sich das mit dem Quartierwechsel vorerst eh erledigt.

Wir können das Kleine nicht einfach zurücklassen, jedoch genauso wenig hierbleiben, vor allem nicht, weil tödliche Gerüchte die Runde machen. War das, was Charles passiert ist, wirklich ein Unfall? Ist er das eigentliche Ziel, oder ...?

Es wird Zeit, die Mutter des Kätzchens zu finden und zu verschwinden. Ich habe gerade erst geheiratet und bin definitiv nicht bereit, jetzt schon Witwe zu werden!

ANMERKUNG DER AUTORIN

Hallo. Danke, dass du dieses Buch gekauft hast. Wenn du ebenfalls ein großer Fan von spannenden, schrägen Tierkrimis bist, sollten wir unbedingt Freunde werden.

Wie wäre es, wenn du direkt einmal meine Facebook-Seite besuchst, die ich speziell für meine treuen deutschen Leser eingerichtet habe? Hier der Link dazu: **Facebook.com/Katzengeheimnisse**

Oder melde dich für meinen Newsletter an und sichere dir als Abonnent gratis ein digitales Geschenkpaket, einschließlich einer exklusiven Kurzgeschichte über Octocat: **Katzengeheimnisse.com/Abonnieren**

Ich bin sicher, wir werden eine Menge

Spaß miteinander haben. Also schnell umblättern ...

Wir sehen uns dann auf der nächsten Seite.

MOLLY

1

ein Name ist Angie Longfellow. Ja, seit vorgestern ist es offiziell ... Ich bin eine verheiratete Frau, die sich mit ihrem frisch angetrauten Ehemann an ihrer Seite auf dem Weg in die Luxusflitterwochen befindet.

Irgendwie kann ich es immer noch nicht fassen, dass ich tatsächlich Ja gesagt habe.

Diese Hochzeit war wahrscheinlich die normalste Sache, die ich je in meinem Leben getan habe, fühlt sich aber gleichzeitig wie das größte Abenteuer an.

Und das will schon etwas heißen, wenn man bedenkt, dass ich aufgrund meiner Unentschlossenheit, was meine berufliche Laufbahn anbelangte, sieben akademische Abschlüsse erwarb, meine eigene Privatdetektei gründete und heimlich mit Tieren spreche.

Ihr wundert euch über den letzten Teil dieser Aussage? Okay, lasst es mich erklären ...

Alles begann mit einer Testamentseröffnung in der Anwaltskanzlei, in der ich damals als eine Art Fachangestellte arbeitete – derselben Kanzlei übrigens, in der ich meinen zukünftigen Mann kennenlernte. Aber ich schweife schon wieder ab ...

Als bessere Hilfskraft war es meine Aufgabe, stets für frischen Kaffee zu sorgen. Die Partner hatten seit geraumer Zeit keine neuen Geräte mehr angeschafft und besagte Kaffeemaschine von daher schon etliche Jahre auf dem Buckel. Als ich sie einzuschalten versuchte, verpasste das verdammte Ding mir einen Stromschlag, und ich wurde ohnmächtig.

Kaum dass ich wieder zu mir gekommen war, stieg mir der Geruch von Thunfisch in die Nase, und jemand redete mit äußerst herablassender Stimme auf mich ein. Damals wusste ich noch nicht, dass es sich bei dem Sprecher um Octavius handelte, den über alles geliebten Kater der Verstorbenen. Er erzählte mir, dass seine Besitzerin ermordet worden sei und zwang mich mehr oder weniger dazu, ihm bei der Aufklärung des Verbrechens zu helfen, um Gerechtigkeit für die alte Dame zu erlangen.

Wer von euch Katzen ebenso gut kennt wie ich, weiß, dass ein Nein in deren Wortschatz nicht existiert. Octavius stellt da keine Ausnahme dar. Also musste ich mich wohl oder übel in mein Schicksal fügen, und gemeinsam mit ihm löste ich den Fall. Tja, soll ich sagen ... wir wurden Freunde. Daraufhin bat der Nachlassverwalter des Anwesens mich, den kleinen Kerl doch zu adoptieren und ich willigte freudig ein, noch bevor ich wusste, dass sein Frauchen ihm einen großzügigen Treuhandfonds hinterlassen hatte.

Und so zogen Octocat – so nannte ich ihn fortan, weil sein richtiger Name ein wahrer Zungenbrecher war – und ich, auf seinen Wunsch hin, in das villenartige Herrenhaus seiner ehemaligen Besitzerin ein. Wir wurden zudem auch noch Partner im Verbrechen ... oder besser gesagt, Partner im Aufklären von Verbrechen. Ja, stellt euch vor, mittlerweile leiten wir unsere eigene Privatdetektei. Zwar sind wir uns nicht immer einig, was die Vorgehensweise anbelangt, aber irgendwie bekommen wir den Job stets gebacken.

Und dank meiner seltsamen Fähigkeit, mit Tieren sprechen zu können, habe ich dann auch meinen frisch gebackenen Ehemann kennengelernt. Er bekam nämlich zufällig mit, wie ich mich im Büro über FaceTime mit meinem Kater unterhielt und nutzte dieses neu gewonnene Wissen, um mich zu erpressen. Ich sollte ihm bei seinem aktuellen schwierigen Fall zu helfen.

Ehrlich gesagt, er hätte mich auch einfach nur höflich zu bitten brauchen. Ich war damals schon heftig in ihn verknallt und hätte eh jede Gelegenheit genutzt, um mehr Zeit mit ihm verbringen zu können. Und Zeit haben wir jetzt auf unserer langen zweitägigen Fahrt von Maine nach Virginia reichlich.

Meine Mom und mein Dad hatten für uns extra eine wunderschöne Privatvilla gebucht, die wir eine Woche lang ganz für uns allein haben würden, um die Ära unseres neuen Eheglücks einzuläuten. Es war derselbe Ort, an dem auch sie schon vor über dreißig Jahren ihre Flitterwochen verbrachten, was mir ein gutes Zeichen zu sein schien, denn die beiden waren nach wie vor wahnsinnig ineinander verliebt.

Natürlich werde ich all meine Lieben, die ich in diesen paar Tagen zu Hause zurücklassen musste, wahnsinnig vermissen, weiß aber auch, dass sie bei Grandma in besten Händen sind. Und die kann zum Glück all das Gemurre und Gemaule, mit dem Octocat sowie Jacques und Jillianne, Charles' Nacktkatzen, sie mit Sicherheit bombardieren werden, nicht verstehen. Allein ist sie ebenfalls nicht. Gesellschaft leisten ihr der süße kleine Hund Paisley, den sie aus dem Tierheim gerettet hat, sowie ihr frisch angetrauter Überraschungsehemann Grant samt seines Kaninchens Nini. Full House, würde ich sagen.

Trotzdem werde ich bestimmt mindestens einmal am Tag anrufen, um als Übersetzer und Vermittler zu fungieren, obwohl meine kämpferische Großmutter mit Sicherheit auch allein mit allem klarkommt ... vorausgesetzt, unser weiterer Mitbewohner, ein Waschbär namens Pringle, führt sich anständig auf. In letzter Zeit hat er mit Hilfe eines bestimmten Zwölf-Schritte-Programms ein neues Kapitel in Sachen gutes Benehmen aufgeschlagen, und kürzlich haben wir sogar einen sehr herzlichen Moment der Verbundenheit geteilt. Leider gibt er seiner Neigung, zu tratschen und zu stehlen, immer noch viel zu oft nach.

Aber nein, das wird schon.

Ich sollte aufhören, mir Gedanken über all diejenigen zu machen, die wir in Maine zurückgelassen haben, und mich auf die wunderbare Zeit in Virginia konzentrieren, die vor mir liegt. Es sind meine Flitterwochen, und mein Mann verdient meine volle Aufmerksamkeit. Und mir wird diese kleine Pause von all dem häuslichen Drama und Chaos bestimmt ebenfalls gut tun. Nach meiner Rückkehr ist immer noch Zeit, sich um sämtliche Baustellen zu kümmern.

Jetzt dreht sich alles nur um mein neues Leben als frischgebackene Ehefrau.

* * *

„Schau dir nur diese Bäume an", staunte ich und deutete aus dem Seitenfenster, als Charles und ich uns unserem Ziel näherten. Nur noch eine knappe Stunde bis zu der alten herrschaftlichen Villa, in der wir die nächsten Tage verbringen würden, und ich war ganz hibbelig vor Aufregung. „Sie bereiten sich auf den Herbst vor."

„Bis dahin dauert es aber noch eine ganze Weile", entgegnete er, während er am Radio herumfummelte.

Ich schüttelte den Kopf und zeigte erneut auf die Farbenpracht. „Nein, das ist eine völlig andere Sorte Gehölz. Solche Bäume gibt es bei uns in der Blueberry Bay überhaupt nicht."

„Touché." Er lachte. „Ich werde es dir überlassen, die Wälder *und* Bäume zu identifizieren."

„Vergiss es, die Detektivin hat Urlaub." Ich lachte

ebenfalls. „Keine Schnüffeleien diese Woche, versprochen."

Ich griff nach seiner Hand, die sich noch immer am Radio zu schaffen machte – die andere lag natürlich auf dem Lenkrad – und versprach: „In den nächsten sieben Tagen geht es nur um dich und mich, und um nichts anderes."

„Die Idee gefällt mir", sagte er in einem zweideutigen Tonfall, hob unsere verschränkten Hände an seine Lippen und drückte mir einen Kuss auf den Handrücken. „Gleich haben wir es geschafft. In weniger als fünfzig Kilometern kommt eine Abzweigung, und von dort aus sollte es nur noch ein Katzensprung bis zu unserem kleinen Paradies sein."

„Was werden wir nach unserer Ankunft als Erstes tun?"

„Das ist doch wohl keine Frage, Mrs Longfellow." Er zwinkerte mir verschwörerisch zu und richtete dann den Blick wieder auf die Straße.

Hitze stieg mir in die Wangen. Ich war noch nicht wirklich mit der Rolle der Ehefrau und all ihren Feinheiten vertraut, und über gewisse Dinge offen zu reden, war mir irgendwie peinlich.

Also lenkte ich das Gespräch in eine weniger verfängliche Richtung. „Ich meine *danach*? Ich habe schon mal auf Trip Advisor recherchiert. Hier in der

Gegend bieten sie jede Menge historische Führungen an, zudem gibt es ein paar wirkliche nette Restaurants, und ..."

Charles drückte meine Hand. „Wir sind in den Flitterwochen, Angie. Lass uns die Tage nicht mit irgendwelchen Besichtigungen und Ausflügen vollstopfen, sondern einfach entspannen und die Gesellschaft des jeweils anderen genießen."

Ich rutschte auf meinem Sitz hin und her. „Entspannen, genau. Das kriege ich hin."

Er lachte gutmütig auf. „Natürlich kriegst du das hin. Wenn sich sogar dein arbeitssüchtiger Ehemann vom Job loseisen kann, sollte dir das auch gelingen."

„Richtig", sagte ich und nickte so heftig mit dem Kopf, dass wir beide kichern mussten. „Diese Woche geht es nur um uns, aber könnten wir trotzdem einige der lokalen Restaurants ausprobieren? Ich kann es kaum erwarten, wenigstens einmal diese typischen Südstaaten-Käsebrötchen mit Hacksauce zu probieren."

„Natürlich! Sogar jeden Tag, wenn du möchtest. Wir brauchen ja etwas Herzhaftes, um bei Kräften zu bleiben zwischen ... na ja, du weißt schon."

Bei dieser Andeutung errötete ich erneut, und meine Wangen glühten förmlich.

„Oh, Angie Longfellow, ich liebe dich. Versprich

mir, dass du dich nie ändern wirst", sagte mein Mann, bevor er meine Hand losließ und mir liebevoll über die Schulter strich.

Nie ändern? Kurzzeitig sollte das funktionieren, aber könnte ich es eine komplette Woche lang durchhalten?

Tja, ich schätze, das wird sich zeigen.

2

„**D**a ist es!", rief ich aufgeregt, als die steinerne Villa in Sichtweite kam. Obwohl wir den Trip auf zwei Tage aufgeteilt hatten, war jede der Strecken schrecklich lang gewesen. Und jetzt, wo wir unser Ziel endlich erreicht hatten, konnte ich es kaum erwarten, auszusteigen und mir alles anzusehen.

„Bist du dir sicher, dass wir hier richtig sind?" Charles verlangsamte das Tempo, und wir starrten beide wie gebannt auf das Grundstück vor uns. „Schau mal all die Autos an. Eigentlich sollten wir das Haus doch für uns allein haben."

Ich tat seine besorgte Äußerung mit einer schnellen Handbewegung ab. „Die gehören bestimmt dem Personal, das alles für unseren Aufenthalt vorbereitet. Gib ihnen ein gutes Trinkgeld, damit es nicht peinlich wird, okay?"

„Klar." Er fuhr auf den kleinen Schotterparkplatz und parkte neben einem alten Lastwagen. Dann kramte er in seiner Brieftasche nach etwas Bargeld und steckte es griffbereit in seine Hosentasche.

Ich sprang aus dem Wagen und quietschte auf. „*Yeah!* Noch kann ich kaum glauben, dass wir tatsächlich hier sind."

Charles stieg ebenfalls aus und öffnete den Kofferraum, um unser Gepäck auszuladen. „Glaub es ruhig. Für meine geliebte Gattin nur das Beste."

Ich griff nach meinem überdimensionalen Koffer, während er zwei ebenfalls prall gefüllte Reisetaschen aus dem Auto wuchtete. „Sieh dir nur diesen Garten an. Er ist noch viel schöner, als Mom ihn beschrieben hat. Ist das etwa eine Hortensie? Was für ein Prachtexemplar!"

„Wir können deine Brötchen mit Sauce morgen früh hier draußen zu uns nehmen und dabei den Sonnenaufgang genießen. Klingt das nach einem Plan?"

„Grundsätzlich ja, Liebling, aber am ersten Tag würde ich gerne ausschlafen. Nehmen wir uns das besser für übermorgen vor, einverstanden?" Als ich mich zu ihm umdrehte, entdeckte ich ein breites Lächeln auf seinem attraktiven Gesicht.

„Unglaublich, wie groß diese Villa ist", murmelte er und betrachtete sie eingehend. Auch ich ließ meinen Blick über unser Domizil für die kommende Woche schweifen und sog all seine Pracht und Raffinesse in mich auf. Es stellte eine bunte Mischung aus verschiedenen architektonischen Stilen dar und ließ sich am ehesten zwischen einer schottischen Burg und einem Kolonialhaus ansiedeln. Wer auch immer es erbaut hatte, schien ein absoluter Freigeist gewesen zu sein, und ein kreativer noch dazu. Von daher würde es mich nicht wundern, wenn wir während unseres Aufenthaltes auf ein paar Falltüren oder Geheimgänge stießen. Darauf, diese zu erkunden, freute ich mich jetzt schon.

Als wir die Schwelle erreichten, hielten wir kurz inne, um uns zu sammeln. Ich strich mir eine lose Haarsträhne hinters Ohr und musterte die leuchtend grüne Eingangstür. „Ich schätze, wir klopfen einfach an? Oder gehen wir direkt rein? Mom hatte keine Informationen bezüglich der Schlüsselübergabe, und auch ich konnte auf Airbnb nichts finden."

Charles trat vor, räusperte sich und hämmerte gegen die Tür.

Fast augenblicklich wurde sie aufgerissen, und

wir fanden uns einer kleinen alten Dame mit blauem Haar und einer dicken Brille gegenüber. Sie lächelte uns an, wandte sich dann dem Inneren des Hauses zu und brüllte: „Billy, die Flitterwöchner sind da!"

Ein dickbäuchiger Mann mittleren Alters kam herangeschlurft, schnappte sich allerdings nur meinen Koffer und überließ es Charles, sich um die Taschen zu kümmern. Aufgeregt stellte ich mich auf die Zehenspitzen und drückte meinem Mann einen Kuss auf die Wange. „Einfach nur genial. Eine Woche lang gehört dieses Haus nur uns!"

„Wie war das, Liebes?", mischte die alte Dame sich ein.

„Oh, bitte entschuldigen Sie. Wir freuen uns einfach so sehr, diese wunderschöne Villa eine ganze Woche lang nur für uns zu haben und uneingeschränkt nutzen zu dürfen", erklärte ich mit einem verlegenen Lächeln.

„Das dürfen Sie nicht", informierte uns der Mann, den sie Billy genannt hatte. „Die zweite Etage und auch der Dachboden sind für Gäste tabu. Sie werden sich also nur in Ihrem Zimmer, den gemeinschaftlich genutzten Räumen und den Gärten aufhalten."

„Moment mal ... *Unser Zimmer?*", krächzte ich entsetzt.

Charles schaltete sofort in den Anwaltsmodus.

„Ich glaube, hier liegt ein Missverständnis vor. Das sind unsere Flitterwochen, und die Eltern meiner Frau haben ausdrücklich das gesamte Haus für die komplette Woche reserviert. Das war ihr Hochzeitsgeschenk an uns."

„Von unserer Seite aus liegt da kein Missverständnis vor", sagte die alte Frau, nahm ihre Brille ab und polierte sie am Saum ihres T-Shirts. „Solch ein Anwesen zu unterhalten, kostet eine Menge Geld, zumal es unter Denkmalschutz steht. Und der Garten erst. Gute Gärtner sind nicht billig."

Mein Herz sank, als mir klar wurde, was sie damit anzudeuten versuchte. „Also haben Sie es in ein B&B umgewandelt, um die Rechnungen bezahlen zu können?"

„Ja, vor etwa fünf Jahren. Anscheinend war Ihre Mutter schon eine geraume Weile nicht mehr hier. Sie kann doch nicht ernsthaft geglaubt haben, dass sie zum Preis eines einzelnen Zimmers das komplette Haus angemietet hat? Der Witz war gut." Sie beugte sich vor und klopfte sich auf die Oberschenkel.

„Um von der Reservierung zurückzutreten, hätten sie vor zwei Wochen stornieren müssen. So kurzfristig können wir das leider nicht akzeptieren. Wollen Sie das Zimmer jetzt haben oder nicht?" Billy schniefte desinteressiert.

Ich schaute zu Charles hinüber. Da uns offensichtlich keine Privatsphäre zugestanden wurde, um uns in Ruhe besprechen zu können, mussten wir hier und jetzt eine Entscheidung treffen.

„Wir nehmen es", sagte er entschieden und warf mir einen bedeutungsvollen Blick zu, den ich in diesem Moment allerdings nur schwer zu deuten vermochte.

Billy nickte und ging auf eine schmale Treppe zu. „Sehr gut. Wenn Sie mir dann bitte folgen würden?"

Wir trabten ihm brav hinterher, hinauf in den ersten Stock. Vor einer verschlossenen Tür am Ende des Flurs blieb er stehen. „Sie bekommen zwar nur ein Zimmer, dafür jedoch unser Bestes", erklärte er beinahe entschuldigend, während er den Schlüssel im Schloss drehte und uns öffnete.

Ich trat ein, und mir stockte der Atem, als ich das überdimensionale Himmelbett mit den zarten Spitzenvorhängen entdeckte. Der komplette Raum war wie eine Zeitkapsel, die uns direkt in die Anfänge unserer Republik zurückkatapultierte und uns vor Augen führte, in welchem Luxus das eine Prozent der reichen Bevölkerung damals schwelgte. Blaue Blütenranken tanzten über die Tapete, und der honigfarbene Eichenholzboden schien ebenfalls noch aus jener Zeit zu stammen. Am meisten beeindruckte mich jedoch der gemauerte Kamin gegenüber dem Bett, vor dem ein wunderschöner antiker Liegesessel zum Entspannen einlud.

„Hübsch, was?", grunzte Billy, als er meinen Koffer auf die Schlafstatt warf.

„Ich liebe es", gestand ich und drehte mich im Kreis, um sämtliche Details in mich aufzunehmen.

„Vielen Dank für Ihre Hilfe", sagte Charles, schüttelte dem Bediensteten die Hand und steckte ihm dabei wahrscheinlich ein kleines Trinkgeld zu.

„Abendessen wird pünktlich um acht serviert, falls Sie sich anschließen möchten. Es ist im Preis inbegriffen."

Das weckte meine Neugier. „Was steht denn heute auf der Speisekarte?"

„Es gibt keine Speisekarte. Das hier ist kein Restaurant." Er bedachte mich mit einem Blick, der keinen Zweifel daran ließ, dass die Gastronomie nicht seine erste Berufswahl war. „Wir essen alle dasselbe. Wenn Sie also auf gluten-, nuss-, milch- oder fleischfreie Mahlzeiten bestehen, sollten Sie besser woanders hingehen. Wer jedoch nicht pingelig ist, wird Madame Blues Küche lieben."

Die Art und Weise, wie er diese Einladung aussprach, ließ mich überrascht zusammenzucken. „Madame Blue? Ist das …?"

„Genau, die Dame, die Sie unten bereits kennenlernen durften. Seien Sie versichert, sie ist eine wesentlich bessere Köchin als Gastgeberin. Deshalb bin ja auch ich hier, zu ihrer Unterstützung."

Genau, weil er den Inbegriff von Gastfreundschaft darstellte.

„Okay, nochmals vielen Dank für Ihre Hilfe." Charles bewegte sich in Richtung Tür, und glücklicherweise verstand der Typ den subtilen Hinweis und folgte ihm. „Wie gesagt, mein Name ist Bill. Sollten Sie etwas brauchen, rufen Sie einfach."

Ich lächelte und winkte ihm kurz zu, bevor er sich endgültig zurückzog und die Tür hinter sich zuknallte.

Charles drehte sich mit irritiertem Blick zu mir um. „Tja, offensichtlich liegen die Dinge etwas anders als erwartet", sagte er seufzend. „Ich dachte mir, wir sollten es zumindest vorerst nehmen, damit wir einen privaten Rückzugsort haben, um unsere Optionen zu besprechen. Wir können uns aber auch gerne ein anderes Quartier suchen, wenn dir das lieber wäre."

„Schon gut, mir gefällt es hier. Und du wolltest doch sowieso die meiste Zeit auf dem Zimmer verbringen, oder?" Ich ließ mich auf dem Bett nieder und klopfte neben mir auf die Matratze. „Dann komm doch zu mir, Mr Longfellow.“

3

Nachdem wir ein wenig Zeit für uns hatten, beschlossen Charles und ich, uns einmal im Garten umzusehen. Hand in Hand gingen wir nach draußen und schlenderten hinüber zu einem Paar steinerner Amor-Statuen, die inmitten eines Beetes mit leuchtend gelben Rosen standen.

„Wenn ich mich hier so umsehe, sollte ich unbedingt mehr aus unserem Garten zu Hause machen", seufzte ich und bückte mich, um den süßen Duft der Blumen einzuatmen. Dabei scheuchte ich eine fette Biene auf, die es sich offensichtlich zwischen den Blütenblättern gemütlich gemacht hatte. Erschrocken zuckte ich zurück und hoffte, sie nicht zu sehr verärgert zu haben.

„O Gott, bitte sei vorsichtig. Ich bin hochgradig

allergisch gegen Bienen!", brüllte Charles in diesem Moment, stolperte rückwärts und fuchtelte wie wild mit den Armen in der Luft herum.

„Wirklich? Tut mir leid, aber das wusste ich bisher noch nicht." Ich legte den Kopf schief und musterte ihn eindringlich.

„Weil wir zu Hause nur ein Minimum an Beeten haben, und daran sollte wir auch nicht unbedingt etwas ändern."

„Na ja, besser eine Allergie gegen Bienen als gegen Schalentiere, schätze ich mal. Octocat würde es dir nie verzeihen, wenn wir deinetwegen zukünftig auf seine geliebten Hummerbrötchen aus dem Little Diner verzichten müssten." Der Gedanke an meinen mürrischen Kater entlockte mir ein Lächeln. Unglaublich, aber ich vermisste ihn jetzt schon. „Wollen wir lieber wieder reingehen?"

Er schüttelte energisch den Kopf. „Nein. Solange ich nicht von einem kompletten Bienenschwarm gestochen werde, sollte es keine tödlichen Folgen haben. Wenn meine Frau die Gärten genießen möchte, dann machen wir das auch. Für den schlimmsten Fall der Fälle habe ich auch immer einen EpiPen in der Tasche."

„Einen EpiPen?" Stirnrunzelnd sah ich zu ihm auf. „Das klingt ziemlich ernst."

„Ist eine reine Vorsichtsmaßnahme. Du kennst mich doch. Ich bin immer auf alle Eventualitäten vorbereitet, wie ein waschechter Pfadfinder." Als er meinen entsetzten Blick bemerkte, ruderte er schnell zurück. „Keine Angst, mir passiert schon nichts, versprochen. Sieh mal, da sind die Hortensien, die dir beim Reinkommen schon aufgefallen sind." Er deutete auf die rosafarbenen Blütenbälle und steuerte darauf zu.

Kopfschüttelnd folgte ich ihm. Warum vertraute er mir das mit seiner Allergie jetzt erst an? Mom hatte uns doch in aller Ausführlichkeit die Schönheit und den Pflanzenreichtum dieses Ortes geschildert. Spätestens da hätte er hellhörig werden müssen.

Zumindest daran hatte sich nichts geändert. Grasbewachsene Wege führten durch eine Fülle von Sträuchern und Blumen. Ich erblickte eine solch große Vielfalt in sämtlichen Größen und Farben, dass ich jedes Mal, wenn wir auf dem gewundenen Pfad um eine weitere Ecke bogen, einen neuen Favoriten entdeckte.

Als wir uns der roten Backsteinmauer näherten, die das Grundstück umsäumte, kam mir eine Idee, die mich dazu veranlasste, mein Handy zu zücken und eine schnelle Websuche durchzuführen. Ich blieb stehen, um die Informationen auf dem Bildschirm durchzulesen, während Charles weiter vorwärtsschritt.

Als ich aufblickte, um ihm meine neuesten Erkenntnisse mitzuteilen, war er nirgends mehr zu sehen. „Charles?", rief ich und reckte den Hals, um nach ihm Ausschau zu halten.

„Hier drüben", ertönte seine leise Stimme. Er erhob sich und winkte mir zu.

Ich ging auf ihn zu. „Hier gibt es alle Arten von Blumen, die sich nicht bestäuben lassen. In diesen Blüten können Bienen keinen Honig sammeln." Ich zeigte ihm die Früchte meiner Forschung. „Wir könnten unseren Garten immer noch verschönern, solange wir darauf achten, dass wir diese ..."

„Psst", sagte er, hob einen Finger an die Lippen und deutete vor sich auf den Boden.

Ich verstummte und trat neugierig näher.

„Siehst du?", flüsterte er und deutete auf ein Klee-beet vor der Ziegelmauer.

Ich kniff die Augen zusammen und erspähte eine winzige schwarze, träge in die Luft gereckte Pfote. „Ist das ...?"

„Ein Kätzchen", bestätigte er und hockte sich wieder hin, um die kleine Fellnase beim Schlafen zu beobachten.

„Was hat das denn hier zu suchen?", fragte ich

erstaunt, obwohl offensichtlich war, dass er die Antwort ebenfalls nicht wusste. „Meinst du, es ist ein Streuner?"

Vorsichtig streckte er einen Finger aus und streichelte über den weißen Fellfleck auf seiner Brust. „Keine Ahnung. Du könntest es ja mal fragen."

Obwohl das natürlich ein guter Vorschlag war, zögerte ich. „Sicher, dass es dir nichts ausmachen würde? Eigentlich hatten wir uns doch darauf geeinigt, diese Woche alles außen vor zu lassen, was auch nur annähernd mit unserer Arbeit zu tun hat."

„Deine Bindung zu Tieren ist ein Teil dessen, was dich ausmacht. Es ist nichts, was man nach Belieben ein- oder ausschalten könnte. Außerdem interessiert es mich ebenfalls, was er hier so ganz allein zu suchen hat."

„Nicht er. *Sie*. Es ist ein Mädchen", stellte ich klar und beobachtete, wie sich die wuschelige kleine Brust mit jedem Atemzug hob und senkte.

„Woher weißt du das?" Sein Blick wanderte von mir zu dem Kätzchen und wieder zurück.

„Keine Ahnung, ich weiß es einfach. Soll ich sie mal aufwecken, um Hallo zu sagen?"

Er erhob sich. „Warum nicht? Ich passe in der Zwischenzeit auf, dass keine neugierigen Gäste vorbeikommen und dich stören."

„Gute Idee", murmelte ich, aber Charles war bereits um die nächste Wegbiegung verschwunden.

Eigentlich lautete das Sprichwort ja, man solle keine schlafenden Hunde wecken, aber das traf auf Katzen ebenso zu. Octocat hatte mir diese Lektion auf die harte Tour beigebracht – und gleich mehrfach. Dieses Kätzchen jedoch war so klein und schien Hilfe zu benötigen, von daher hatte es hoffentlich noch nicht denselben Vorrat an Flüchen auf Lager wie mein Felltiger.

Vorsichtig legte ich eine Hand auf seine Seite und spürte die Vibration eines grollenden Schnurrens an meinen Fingern. Das war schon einmal ein gutes Zeichen.

„Hallo, Kleines", sprach ich es an und wartete auf eine weitere Reaktion, aber es schien nach wie vor tief und fest zu schlafen.

Also streichelte ich erneut über sein samtiges Fell. „Hallo. Mein Name ist Angie, und ich bin eine Freundin", fuhr ich fort und verstärkte den Druck, in der Hoffnung, es dadurch wecken zu können.

Schließlich blinzelte es, und zwei gelbe Augen starrten mich an. „Wo ist meine Mami?", wimmerte es und klang derart trostlos, dass mir das Herz brach.

„Hallo, Schlafmütze. Ich kann dir helfen, sie zu finden. Wo und wann hast du sie zuletzt gesehen?"

Es rührte sich nicht von der Stelle und wirkte sehr schwach. „Sie sagte mir, ich solle am Zaun warten, aber sie ist nicht zurückgekommen. Es ist schon sehr lange her.“

„Hast du Geschwister? Sind sie auch hier irgendwo?“ Und schon war ich wieder voll in meinem Rettungsmodus, wusste aber zum Glück, dass Charles voll und ganz hinter mir stand. Immerhin war er es gewesen, der die Kleine entdeckt hatte.

Das Kätzchen holte erst einmal tief Luft, bevor es mir antwortete. „Es gibt nur noch meine Mami und mich. Meine Brüder und Schwestern wurden von einer netten Dame weggebracht, während Mommy Essen für uns organisieren wollte. Und weil ich so ganz allein Angst hatte, habe ich mich versteckt.“

„Also vor mir brauchst du keine Angst zu haben“, versicherte ich ihr und bedachte sie mit einem breiten, hoffentlich zuversichtliches Lächeln, wobei ich darauf achtete, dass mein Mund geschlossen war. Der Anblick von Zähnen trieb Tiere oft in die Defensive. „Wir werden gemeinsam nach deiner Mama suchen. Aber zuerst einmal ... du bist bestimmt hungrig, oder?“

Diese Bemerkung brachte die Kleine dazu, sich aufzurichten und zu strecken. „O ja, sehr sogar.“

„Dann lass uns doch mal nachsehen, ob Madame

Blue ein wenig Milch erübrigen kann", sagte ich und war selbst erstaunt darüber, dass ich mir ihren Namen merken konnte, obwohl ich ihn nur einmal gehört hatte. „Aber bevor wir reingehen ... würdest du mir verraten, wie du heißt?"

„Charlene", antwortete sie mit einem Gähnen, als sie ihre Dehnübungen beendet hatte. „Und der Name meiner Mutter ist Mommy. Ich vermisse sie so sehr. Glaubst du, wir finden sie bald?"

„Ich werde alles in meiner Macht Stehende tun, um dir dabei zu helfen, aber zuerst organisieren wir dir etwas zu essen. Mit vollem Bauch wirst du dich gleich besser fühlen."

Das Kätzchen nickte. „Okay."

„Würde es dir etwas ausmachen, wenn ich dich ins Haus trage?", fragte ich sie. Charlene war offensichtlich als Streunerin geboren worden und ich wollte sie nicht verängstigen, indem ich sie ohne vorherige Erlaubnis auf den Arm nahm.

„Okay, aber bitte sei vorsichtig", quiekte sie.

Ich beugte mich zu ihr herunter und hob sie behutsam hoch. Sie war so winzig, dass sie praktisch in meine Handfläche passte. „Alles gut. Ich habe dich und werde nicht eher ruhen, bis ich dich in Sicherheit weiß."

4

Als Erstes begab ich mich zu meinem Mann, um ihm unser Findelkind vorzustellen. „Charles, das ist Charlene. Sie hat ihre Mutter verloren, aber wir werden ihr helfen, sie zu finden."

„Natürlich werden wir das", gurrte Charles und strich der Kleinen mit den Fingerknöcheln über den Kopf, so wie er es bei seinen Sphynx-Katzen zu tun pflegte.

„Was macht er da?", rief Charlene panisch aus und drückte sich gegen meine Brust.

„Er sagt nur Hallo", versicherte ich ihr. „Charles ist mein Mann und derjenige, der dich gefunden hat."

Sie rümpfte die Nase und schien nachzudenken. „Warum klingt sein Name so ähnlich wie meiner?"

Ich schmunzelte. „Keine Ahnung. Ist wahrscheinlich nur Zufall. Jetzt musst du aber ruhig sein, denn wir gehen ins Haus. Und sobald wir drinnen sind, kann ich nicht mehr mit dir reden."

„Warum nicht?"

„Weil die meisten Menschen nicht mit Katzen sprechen können. Die Bewohner hier könnten es seltsam finden oder sogar Angst bekommen, und wir wollen doch kein Aufsehen erregen, sondern dich lediglich füttern und uns dann auf die Suche nach deiner Mami machen, oder?"

Auch darüber schien sie kurz nachzugrübeln. Dann jedoch ließ die Anspannung in ihrem winzigen Körper nach und sie stimmte zu: „Okay. Ich werde schweigen."

Während Charles die Haustür für uns aufhielt, streichelte ich ihr nochmals beruhigend über das Köpfchen. „Ich glaube, die Küche ist da hinten", sagte ich dann und wandte mich entschlossen nach rechts.

„Ich dachte, du hast gesagt, wir dürfen nicht reden", murmelte Charlene.

„Ganz ruhig, meine Kleine", gurrte ich wie eine Mutter, die ihrem Baby ein Schlaflied vorsingt. Wenn ich in Gegenwart von Leuten, die mein Geheimnis nicht kannten, mit Tieren sprach, dann für gewöhnlich mit einer niedlichen Kleinkinderstimme, wie jeder andere Tierbesitzer auch, ohne eine Antwort zu erwarten. Sie wusste das natürlich nicht, aber ich hoffte, dass meine Worte sie trotzdem beruhigen würden.

Tatsächlich sagte sie nichts weiter, und wir fanden problemlos die Küche. Die alte Frau, die Charles und mich vorhin hereingelassen hatte, stand, eine Schürze um ihre schmalen Hüften gebunden, am Herd und schien gerade das Abendessen vorzubereiten.

„Gäste haben hier nichts zu suchen", brüllte sie, als sie uns bemerkte.

Das Kätzchen in meinen Händen machte sich noch kleiner, ich jedoch schritt selbstbewusst auf sie zu. „Bitte entschuldigen Sie die Störung. Diese winzige Fellnase haben wir draußen im Garten gefunden. Sie scheint ihre Mutter verloren zu haben. Offensichtlich hat sie großen Hunger, und ich hatte gehofft, wir könnten ein wenig Milch für sie bekommen."

„Haustiere sind auf dem Grundstück nicht erlaubt", lautete ihre knappe Antwort, und sie machte sich nicht einmal die Mühe, die arme, bedürftige Kreatur anzuschauen.

Ich allerdings weigerte mich, so einfach aufzugeben. Sicherlich besaß diese Frau irgendwo in ihrer schrulligen Seele einen Funken Güte. „Sie ist kein Haustier. Wir haben sie gerade draußen entdeckt, und sie scheint sehr hungrig zu sein. Dürfte ich Sie um etwas Milch bitten ... wenn es Ihnen nichts ausmacht?"

„Doch, es macht mir etwas aus. Die historische Gesellschaft sucht nur nach einem Vorwand, mich als Verwalterin abzusetzen, und das Letzte, was ich gebrauchen kann, sind Beschwerden von Gästen über kleine schwarze Haare in ihrem Essen. Und jetzt raus mit Ihnen!" Madame Blue zwang uns mit ihrem kleinen Körper zurück in Richtung Tür und wedelte dazu bedrohlich mit einem Schneebesen, um ihren Standpunkt zu unterstreichen.

„Das lief ja nicht gerade gut", sagte ich und machte meinem Frust lautstark Luft.

„Dann fahre ich eben kurz in die Stadt und besorge ein paar Vorräte. Willst du hier bei Charlene bleiben?", bot mein Mann an, sobald wir außer Hörweite waren.

„Sie hat uns doch klipp und klar zu verstehen gegeben, dass auf dem Gelände keine Haustiere erlaubt sind", erinnerte ich ihn und verzog schmollend den Mund.

„Schön und gut, aber das ist Charlene ja auch

nicht." Er streckte seine Hand aus, um ihr erneut über den Kopf zu streicheln, und dieses Mal schien sie es sogar zu genießen. „Sondern einfach eine Freundin, die unsere Hilfe benötigt. Trotzdem wäre es das Beste, du versteckst sie."

„Vielen Dank." Ich lehnte mich zu ihm hinüber, um ihn zu umarmen. „Schaffst du es bis zum Abendessen hin und zurück?"

Er schaute auf seine Handyuhr und runzelte die Stirn. „Wahrscheinlich nicht. Geh du einfach schon mal ohne mich runter. Sobald ich mit den Vorräten zurück bin, füttere ich Charlene und komme dann nach. Ach ja, ich werde unterwegs auch noch ein paar Snacks für uns einkaufen, nur für den Fall, dass Madame Blues Essen genauso schrecklich ist wie ihr Wesen."

Seine boshafte Bemerkung brachte mich zum Lächeln. „Ich dachte, die besondere Zutat in der Südstaatenküche sei die Liebe. Davon scheint sie allerdings noch nichts gehört zu haben."

„Alles wird gut", versicherte er mir und streichelte das Kätzchen ein letztes Mal. „Und wenn wir Charlenes Mami gefunden haben und unsere Gastgeberin dann immer noch so furchtbar ist, suchen wir uns für den Rest der Woche ein anderes Quartier. Einverstanden?"

Liebevoll lächelte ich ihn an. Einfach verblüffend, wie er sich selbst von solchen Rückschlägen nicht aus der Ruhe bringen ließ. „Okay", stimmte ich zu. „Aber gib mir noch einen Abschiedskuss, bevor du gehst."

Dieser Bitte kam er nur zu gerne nach. „Jetzt aber schnell nach oben mit dir", drängte er und schob mich in Richtung der schmalen Treppe. „Bevor die schrullige Alte herauskommt und dich erneut anbrüllt."

Das wollte ich natürlich nicht riskieren, und so eilte ich die Stufen hinauf, peinlichst darauf bedacht, mit meiner kostbaren Fracht nirgends anzustoßen. Sobald ich die Zimmertür hinter uns geschlossen hatte, setzte ich Charlene auf der weichen, plüschigen Bettdecke ab.

„Das ist doch ein wesentlich bequemerer Platz für ein Nickerchen, nicht wahr? Willst du, dass ich hier bei dir bleibe oder soll ich nochmals nach draußen gehen und schauen, ob ich deine Mami finde?"

Sie blickte sich zitternd im Raum um. „Ich möchte lieber nicht allein sein. Könntest du hierbleiben?"

„Natürlich, wie du willst", erwiderte ich lächelnd. Das schläfrige Baby machte ein paar tapsige Schritte, um seine neue große Liegestätte zu erkunden, und rollte sich schließlich auf einem der Kissen zusammen, den Schwanz fest um den kleinen Körper geschlungen.

„Erzählst du mir eine Geschichte?", bat Charlene, kaum dass sie es sich bequem gemacht hatte, schon etwas lebhafter. „So wie Mommy es immer vor dem Zubettgehen getan hat."

„Klar, äh ..." Ich zermarterte mir das Hirn nach einer netten Story, die einer kleinen Katze gefallen könnte. „Oh, ich hab's! Es war einmal ein sehr verwöhnter Kater namens Octavius."

Sie streckte alle vier Pfoten von sich. „Ist das eine wahre Geschichte?"

Ich nickte enthusiastisch. „Ja, absolut wahr. Sie handelt von meinem allerbesten Freund auf der ganzen Welt. Er wartet zu Hause, während Charles und ich in unseren Flitterwochen sind."

„Was sind Flitterwochen?", fragte sie neugierig und legte den Kopf schief.

„Eine Art besonderer Urlaub, den zwei Leute machen, nachdem sie geheiratet haben."

„Viele der Wörter, die du sagst, kenne ich nicht, aber ich mag den Klang deiner Stimme", sagte sie, und ihre Schnurrhaare zuckten.

Ich kicherte leise. „Soll ich weitererzählen? Ich kann ja versuchen, mich einfacher auszudrücken."

„Nein, ich höre gern neue Worte. Sie machen mich klüger, nicht wahr?"

„Definitiv."

„Dann benutze sie ruhig und ich verspreche, dich ab jetzt nicht mehr zu unterbrechen."

„Okay, es geht los ..." Ich hielt nochmals kurz inne, um mich zu vergewissern, dass sie bereit war und zuhörte. Dem schien so zu sein, denn ihre großen Augen waren gebannt auf mich gerichtet.

„Es war einmal ein sehr verwöhnter Kater namens Octavius", fuhr ich mit dramatischer Stimme fort. „Octavius hielt sich für die prächtigste Fellnase auf der ganzen weiten Welt, und prahlte damit auch vor anderen. Leider konnte viele Jahre lang niemand seine nicht gerade bescheidenen Angebereien verstehen, bis er eines Tages auf eine Menschenfrau traf, die dank eines Stromschlags einer schäbigen alten Kaffeemaschine mit Tieren reden konnte und ..."

Ich verstummte, als ich bemerkte, dass Charlene bereits tief und fest schlief. Eine Weile blieb ich noch bei ihr sitzen, beobachtete sie und überlegte, ob ich nochmals in den Gärten nach ihrer Mutter suchen sollte. Da es jedoch schon fast acht Uhr war, ließ ich diesen Vorsatz schnell wieder fallen. Auch wenn ich mich nicht unbedingt auf eine weitere Begegnung mit dem unfreundlichen Hausmeisterduo freute, konnte ich nicht leugnen, dass ich mittlerweile ebenfalls richtig Hunger hatte. Wozu nicht zuletzt die köstlichen Gerüche beitrugen, die aus der Küche zu mir heraufstiegen.

Bestimmt würde Charles bald zurück sein, um unserer kleinen Besucherin ein Schälchen Milch und eine weiche Mahlzeit hinstellen. Sie würde also nicht lange allein bleiben müssen.

Also beschloss ich, dass es an der Zeit war, meinen eigenen Bauch zu füllen. Blieb nur zu hoffen, dass das Essen die unangenehmen Gespräche, mit denen ich fest rechnete, wettmachen würde.

5

ch betrat den Speisesaal um fünf Minuten vor acht, da ich nicht riskieren wollte, Blue oder Billy durch mein verspätetes Erscheinen zu verärgern. Wie ich feststellen musste, war ich die Erste, und schaute mich neugierig um. Den Raum dominierte ein riesiger Mahagoni-Tisch, an dem mindestens zwölf Personen Platz fanden, und der von einem atemberaubenden Kristalllüster beleuchtet wurde.

Charles und ich hatten zwar erst vor ein paar Stunden eingecheckt, waren aber seitdem keinem anderen Gast begegnet, so dass ich mich zu fragen begann, ob wir außer dem Personal wohl die Einzigen sein mochten, und ob das gut oder schlecht wäre. Weitere Gäste bedeutete, dass die unhöflichen

Verwalter weniger auf uns fixiert wären, aber auch, dass mehr Leute die kleinen Dinge und Geheimnisse mitbekommen könnten, die wir lieber für uns behielten.

Diese Sorge wurde jedoch schnell zerstreut, als eine junge Frau mit regenbogenfarbenem Haar und sommersprossigem Gesicht mir gegenüber Platz nahm. „Du warst gestern Abend aber noch nicht hier", stellte sie mit gleichgültiger Miene fest.

Ich lächelte und setzte mich aufrechter hin. „Mein Mann und ich sind erst heute Nachmittag angekommen. Wir sind in den Flitterwochen."

Sie blickte auf den leeren Stuhl neben mir und zuckte mit den Schultern. „Wenn du es sagst."

„Nein, wirklich. Er ist nur kurz in die Stadt gefahren, um ein paar Vorräte zu besorgen, sollte aber bald wieder hier sein." Ich zwang mich zu einem weiteren Lächeln, während ich mich fragte, was in aller Welt eine Wildfremde meine Ehe anginge.

Sie nahm sich einen Apfel von der Obstplatte in der Mitte des Tisches und drehte ihn in den Händen. „Du musst dich mir gegenüber nicht rechtfertigen. Ich habe mich mit meinem Freund gestritten und beschlossen, hier zu bleiben, bis er wieder zur Vernunft gekommen ist. Übrigens, ich heiße Blaire, falls es dich interessiert."

„Angie", antwortete ich. „Freut mich, dich kennenzulernen."

„Ja, klar, ganz gewiss." Blaire führte den Apfel dicht an ihr Gesicht heran und starrte ihn einige Augenblicke lang an, bevor sie ihn zurücklegte.

Nur Sekunden, bevor die Standuhr im Flur achtmal schlug, kam ein älteres Ehepaar hereingeschlurft. Beide trugen Khaki-Shorts und Hawaiihemden und waren ganz offensichtlich Touristen, wahrscheinlich auch noch Rentner. „Guten Abend!", grüßte der Mann, bevor er seiner Frau einen Stuhl herauszog.

„Ist das nicht eine wundervolle Nacht", wandte seine Gattin sich an Blaire, die jedoch nur mit den Schultern zuckte und sich abwandte.

„Das ist sie in der Tat", mischte ich mich ein und fühlte mich irgendwie verantwortlich für das unhöfliche Verhalten der Regenbogentussi, auch wenn ich gar nichts weiter mit ihr zu tun hatte. „Morgen werde ich mir vor dem Dinner unbedingt vom Garten aus den Sonnenuntergang anschauen. Ich wette, er ist absolut atemberaubend, mit all den wunderschönen Blumen als Hintergrundkulisse."

Alle Augen richteten sich auf mich. Dem Mann klappte die Kinnlade herunter, und sie schüttelte nur den Kopf, bevor sie die Finger im Schoss verschränkte.

„Tut mir leid, ich wollte Sie nicht unterbrechen. Ich heiße übrigens Angie", versuchte ich, das Gespräch zu retten.

„Ihr *Mann* und sie verbringen hier ihre Flitterwochen", ergänzte Blaire, wobei sie bei dem Wort *Mann* mit den Händen Anführungszeichen in die Luft schrieb.

Die Frau verzog die Lippen, bevor sie mich mit dem falschesten Lächeln bedachte, das mir je untergekommen war. „Nett, Sie kennenzulernen, Angie, obwohl ich vermute, dass Sie der Grund dafür sind, dass man uns unsere Lieblingssuite verweigert hat. Dabei sind wir schon seit Jahren treue Gäste dieses Etablissements."

Hitze schoss mir in die Wangen, und ich senkte die Augen. „Das tut mir leid", murmelte ich.

„Kein Problem, Schätzchen. Ich bin mir sicher, Sie hätten uns das Zimmer nicht gestohlen, wenn Sie über diese Kleinigkeit Bescheid gewusst hätten." Dabei bedachte sie mich einem solch zuckersüßen Blick, bei dem sich mir der Magen umzudrehen drohte.

Zum Glück betraten just in diesem Moment

Madame Blue und Billy den Speisesaal, jeder mit einem großen Silbertablett mit Essen beladen.

„Salisbury Steak", verkündete die Alte und stellte ihres vor dem einzigen Mann in unserer Runde ab.

„Und dazu Kartoffelpüree." Billy platzierte seine Platte in der Mitte des Tisches, dann gingen beide zurück in die Küche. Als sie erneut auftauchten, brachten sie noch Schüsseln mit gebutterten Erbsen und einen Korb mit frisch gebackenem Sauerteigbrot mit.

„Das riecht ja fantastisch", sprudelte es aus mir heraus, und ich sog tief die würzigen Gerüche ein, während ich nach einem Teller griff.

„Moment mal, Schätzchen, hier gilt Alter vor Schönheit", wies die bunt gekleidete Touristin mich in meine Schranken und bedachte mich mit einem Blick, als wollte sie mich erdolchen.

Ich zog erschrocken die Hand zurück und wartete, bis alle anderen sich bedient hatten, bevor ich einen zweiten Versuch wagte. Morgen, so schwor ich mir, würden Charles und ich all unsere Mahlzeiten in einem Restaurant einnehmen, denn die Gäste hier waren sogar noch schlimmer als das Personal. Dennoch würden sie es nicht schaffen, mir meine Flitterwochen zu verderben.

Improvisieren, anpassen und irgendwie überstehen. Das würde mein Dad sagen, wenn er jetzt hier wäre.

Dieser Ort war für meine Eltern etwas ganz Besonderes, und so wollte auch ich all die schönen Erinnerungen, von denen sie mir seit Jahren vorschwärmten, aus erster Hand erfahren. Zudem wäre es unhöflich, die Nase über ein Geschenk zu rümpfen, das von Herzen kam. Und unser Zimmer war ja wirklich ein Traum, da würde kein anderes Hotel mithalten können. Ich konnte es sogar irgendwie nachvollziehen, dass meine grausame Essensgefährtin sich darüber ärgerte, umquartiert worden zu sein ... Aber war das etwa meine Schuld?

Nachdem auch endlich ich meinen Teller mit Essen beladen hatte, nahmen Bill und Madame Blue jeweils an den Kopfenden des Tisches Platz.

„Wo ist denn Ihr Kerl abgeblieben?", fragte Letztere für mein Empfinden etwas zu laut.

„Er ist nur kurz in die Stadt gefahren, um ein paar Sachen zu besorgen, sollte aber bald zurück sein", antwortete ich kleinlaut. Dank des Bombardements an Sarkasmus und all der abfälligen Bemerkungen der übrigen Anwesenden war ich nicht mehr in der Stimmung für irgendeine Art von Unterhaltung.

Sie schaute stirnrunzelnd auf die Schüssel mit

Erbsen. „Abendessen wird pünktlich um acht serviert, hast du Ihnen das nicht gesagt, Billy?"

„Doch, sogar gleich als Allererstes", erwiderte er und schüttelte den Kopf. „Ich kann aber natürlich nur die Regeln verkünden, jedoch niemanden zwingen, sie einzuhalten."

Sie schnaubte zwar auf, sagte aber nichts weiter, während sie sich von jeder Zutat selbst eine kleine Portion nahm.

Spätestens jetzt begann ich, mein Essen in Rekordgeschwindigkeit in mich hineinzuschaufeln und nahm mir kaum die Zeit, die perfekte cremige Konsistenz des Kartoffelpürees zu genießen. Wenn Charles nicht bald zurückkäme, würde er nichts mehr davon abbekommen. Allerdings dürfte ihm das auch nichts weiter ausmachen, wenn er erfuhr, was mir hier unten widerfahren war.

Als ich alles bis auf die letzten paar Bissen meines Steaks aufgegessen hatte, gingen plötzlich sämtliche Lichter aus, und der Saal versank in Dunkelheit.

„Hoppala!", rief Madame Blue mit gewohnt lauter Stimme. „Billy, hol Kerzen. Ich überprüfe in der Zwischenzeit den Sicherungskasten."

Es kam keine Antwort. Das ältere Touristenpaar schien miteinander zu tuscheln, allerdings konnte ich nicht verstehen, was sie sagten.

„Billy?", brüllte Blue erneut. „Wo steckst du? Okay, dann hole ich die Kerzen eben selbst." Geräuschvoll schob sie ihren Stuhl zurück, während sie weiter vor sich hin brummte. „Mal ehrlich, was bringt es mir, bezahlte Helfer einzustellen, wenn die nie da sind, wenn man sie braucht?"

Ich zog mein Handy aus der Tasche und schaltete die Taschenlampe ein. Leider hielt ich sie zu hoch, so dass der Lichtstrahl meinem Gegenüber, Blaire, direkt in die Augen stach.

„Hey, willst du, dass ich blind werde?", beschwerte sie sich und hob die Hände vors Gesicht.

„Entschuldigung, ich muss los", murmelte ich und machte mich schnellen Schrittes auf den Weg zurück ins Treppenhaus. Die hier unten brauchten mich nicht, um die Beleuchtung zu reparieren, aber wenn Charlene in einem dunklen leeren Zimmer aufwachte, wäre sie bestimmt außer sich vor Angst.

Ich musste zu ihr – und zwar auf der Stelle. Blieb nur zu hoffen, dass Charles bald auftauchte. Im Moment brauchte ich seine Stärke und positive Sichtweise auf die Dinge mehr denn je.

6

ch kehrte zurück in ein dunkles Zimmer und zu einem schlafenden Kätzchen. Trotz der Handy-Taschenlampe dauerte es eine Weile, bis ich sie schließlich unter einem der Kissen am Kopfende des Bettes entdeckte.

Es beruhigte mich, dass sie nach wie vor sorglos schlummerte, und da Charles noch immer nicht wieder aufgetaucht war, beschloss ich, ein wenig in dem neuen Buch meiner Lieblingsserie zu lesen, das ich Gott sei Dank auf dem Handy abgespeichert hatte. Ich schaffte drei volle Kapitel, bevor mein Mann endlich durch die Tür trat.

„Warum sind denn alle Lichter aus?", fragte er erstaunt, zwei große Papiertüten in den Armen haltend.

Ich schloss meine E-Lese-App und leuchtete ihm den Weg ins Zimmer. „Gute Frage. Während des Abendessens wurde es plötzlich stockdunkel. Das allerdings war vor mehr als einer halben Stunde.“

„Wie schwierig kann es denn bitte sein, einen Schalter im Sicherungskasten umzulegen?“, murrte er, während er näher trat. „Vielleicht sollte ich mal nach unten gehen und meine Hilfe anbieten?“

„Lass es lieber“, erwiderte ich und begann, ihn über die Details der Quickie-Dinner-Party ins Bild zu setzen.

„Anscheinend ist jede Person, auf die wir hier treffen, schlimmer als die vorherige“, merkte er an und stellte seine Einkäufe auf der Couch vor dem Kamin ab. „Ich glaube, dieser Blaire bin ich gerade unten in die Arme gelaufen. Jedenfalls schlich jemand dort herum, auf den deine Beschreibung mit der Regenbogenfrisur passt.“

„Das war sie mit Sicherheit. Allerdings frage ich mich, was sie dort noch zu suchen hatte.“

„Keine Ahnung. Sie sagte etwas in der Art, der verlorene Ehemann wäre zurückgekehrt, bevor sie auf dem Absatz kehrtmachte und in die entgegengesetzte Richtung davonmarschierte.“

Nun, zumindest wusste sie jetzt, dass es ihn wirklich gab, obwohl mir das, was die anderen dachten, mittlerweile ziemlich egal war.

„Ist Charlene wach?", fragte Charles, und ich vernahm ein raschelndes Geräusch. Vermutlich durchsuchte er gerade die Tüten nach ihrem Futter.

Ich schüttelte den Kopf, bis mir einfiel, dass er das ja gar nicht sehen konnte. „Nein, sie schläft noch immer."

„Okay, dann werde ich mal versuchen, ein Feuer anzumachen, damit wir zumindest etwas Licht haben." Erneut knisterte es.

Ich ging zu ihm hinüber und hielt die Taschenlampe hoch, um den Bereich rund um den Kamin auszuleuchten.

Er bückte sich und stocherte in dem Holz herum, das darin aufgeschichtet war. „Verdammt, das sind unechte Scheite, anscheinend nur zur Dekoration gedacht."

Ich seufzte auf. „Tja, dann wohl doch kein Feuer und Licht für uns. Das war ja auch nicht anders zu erwarten, wenn man bedenkt, wie es seit unserer Ankunft hier für uns lief."

„Auch nicht weiter schlimm … dann werde eben ich dich wärmen müssen", knurrte er in anzüglichem Tonfall, zog mich in seine Arme und verpasste mir einen nicht enden wollenden Kuss.

„Hör auf damit. Wir haben ein Baby bei uns im Zimmer, schon vergessen?"

„Oh, natürlich. Hoffentlich finden wir ihre Mutter schnellstmöglich. Was meinst du, sollen wir sie aufwecken, um sie zu füttern?"

Ich nickte, noch immer in den Armen meines Mannes liegend. „Ja, das sollten wir. Und am besten bringen wir sie und die Vorräte nach draußen. Dort haben wir zumindest das Mondlicht, um etwas erkennen zu können."

„Und wir könnten zwei Fliegen mit einer Klappe schlagen, indem wir gleichzeitig nochmals nach ihrer Mami Ausschau halten", fügte er hinzu und presste seine Lippen auf meine Stirn, bevor er mich endgültig freigab.

Ich warf ihm einen bitterbösen Blick zu, den er dank des Lichts meines Telefons sogar erkennen konnte. „Charles, du weißt doch, dass ich diesen Ausdruck hasse."

„Oh, bitte entschuldige, ich vergaß." Er blickte zerknirscht drein. „Alle Tiere sind ja deine Freunde."

„Ist schon okay." Erneut richtete ich die Taschenlampe auf ihn, während er ein paar Vorräte auswählte und sie dann grinsend hochhielt.

„Bereit, wenn du es bist", verkündete er.

Ich ging hinüber zum Bett und versuchte, die

Kleine erneut so zu wecken, wie ich es bereits einige Stunden zuvor im Garten getan hatte, aber Charlene rührte sich nicht. Ich runzelte die Stirn. „Vielleicht sollten wir sie zum Tierarzt bringen und durchchecken lassen. Langsam mache ich mir wirklich Sorgen um sie."

„Der hat schon geschlossen. Von daher lass uns erst einmal versuchen, ob sie etwas frisst und sich erholt. Wenn nicht, fahren wir gleich morgen früh vorbei", schlug er vor und wartete bereits neben der Tür auf mich.

„Gute Idee." Ich beugte mich über das Bett. „Hey, Kleines, ich heb dich jetzt hoch, okay?", flüsterte ich und schritt zur Tat.

Charlene seufzte und streckte sich, gab also zumindest ein Lebenszeichen von sich, wurde aber trotzdem nicht richtig wach.

„Lass uns gehen", sagte ich, das Kätzchen in der einen und mein Handy in der anderen Hand balancierend. So machten wir uns auf den Weg in den Garten.

Draußen war es deutlich einfacher, etwas zu erkennen, aber noch immer brauchte ich meine Taschenlampe, um nicht versehentlich durch eines der wunderschönen Blumenbeete zu trampeln. Vorsichtig liefen wir die verschlungenen Pfade entlang, bis wir die gemauerte Grundstücksgrenze erreichten und nahe der Stelle innehielten, an der Charles die Kleine gefunden hatte.

„Wenn ihre Mutter zurückkommt, um nach ihr zu suchen, wird sie bestimmt zuerst hier nachsehen", mutmaßte ich, schaltete das Licht aus und ließ mich im Schneidersitz auf dem Rasen nieder.

„Glaubst du denn daran?", flüsterte er kaum hörbar, als hätte er Angst, die Worte auszusprechen.

Ich legte Charlene eine Hand auf den Rücken, um mich zu vergewissern, dass sie noch atmete und noch schlief. Als ich mir dessen sicher war, antwortete ich ihm genauso leise und seufzte: „Es sieht nicht gut aus, aber wir dürfen die Hoffnung nicht aufgeben. Sie meinte zwar, ihre Mami sei schon lange weg, aber wer weiß, ob ihr Zeitgefühl sie nicht trügt. Es könnten auch nur wenige Stunden gewesen sein."

„Dafür erscheint sie mir zu schwach", entgegnete er mit kummervoller Miene.

„Alles, was wir tun können, ist, unser Bestes zu geben und auf das Beste zu hoffen", antwortete ich, während ich gedankenverloren über ihr glattes schwarzes Fell strich.

Nachdem wir einige Minuten schweigend zusammengesessen hatten, räusperte Charles sich: „Ich werde dann mal ihr Abendessen zusammenstellen.

Natürlich wusste ich nicht, wie alt sie ist und was sie verträgt. Irgendwo hatte ich mal gelesen, dass Katzen keine Kuhmilch trinken sollten, weil sie angeblich laktoseintolerant sind. Aber nachdem ich endlich eine Tierhandlung fand, die noch geöffnet hatte, bekam ich dort auch spezielle Katzenmilch für Babys und etwas weiches Nassfutter." Er griff nach den kleinen Edelstahlschüsseln und füllte eine davon mit der Spezialmilch.

„Darüber wird Charlene sich bestimmt freuen. Sie muss am Verhungern sein."

Als Nächstes zog er an dem Metallring der Futterdose, und der Deckel öffnete sich mit einem Plopp.

„Was riecht denn hier so gut?", ertönte ein leises Stimmchen postwendend.

Ich kicherte. Katzen waren doch alle gleich, egal ob jung oder alt, Haustier oder Streuner. „Wir haben etwas zu essen für dich organisiert", erklärte ich ihr und setzte sie auf dem Boden ab, wo Charles gerade die Fleischpastete in das zweite Schüsselchen kippte.

Sofort stürzte Charlene sich auf den Thunfischbrei, schmatzte verzückt und schlang ihn so schnell hinunter, wie ihr kleines Maul es zuließ.

„Sieh dir das an", sagte Charles, und seine grünen Augen ruhten liebevoll auf dem Baby. „Scheint, als hätte ich meine Sache gut gemacht."

„Das hast du definitiv." Ich streckte die Hand nach ihm aus und tätschelte ihm die Schulter. Eigentlich hatten wir gemeinsam entschieden, mit der Familienplanung noch ein paar Jahre zu warten, aber dieses heutige Erlebnis machte mir wieder einmal deutlich, dass er eines Tages ein fantastischer Vater sein würde. Und vielleicht ist es ja doch eher früher als später so weit.

7

Charlene verputzte die Hälfte ihres Nassfutters, bevor sie sich der Milch zuwandte, die ihr ebenso gut zu schmecken schien. Dass sie bereits feste Nahrung zu sich nehmen konnte, ermutigte uns. Vielleicht war sie doch nicht mehr ganz so jung, wie wir ursprünglich befürchtet hatten. Andererseits ... die Tatsache, dass ein so winziges Ding so viel auf einmal essen konnte, deutete darauf hin, dass sie schon eine ganze Weile auf sich allein gestellt sein musste. Was für ein Glück, dass Charles und ich sie gefunden hatten, bevor ein Raubtier sich ihrer bemächtigen konnte.

„Bleibst du bitte bei ihr?", bat ich meinen Mann und stand auf. „Ich sehe mich nochmals nach ihrer Mutter um."

Nachdem ich mein Handylicht wieder eingeschaltet hatte, machte ich mich auf die Suche. Eigentlich brauchte ich dringend genauere Informationen von der Kleinen, was das Aussehen ihrer Mami anbelangte, wollte sie aber nicht unnötig aufregen. Also würde ich vorrangig einfach nur nach einer Katze Ausschau halten – irgendeiner Katze.

„Hier, Kätzchen, Kätzchen!", rief ich leise. Zwar war ich mir nicht sicher, ob diese Strategie funktionieren würde, aber einen Versuch war es wert.

Vorsichtig näherte ich mich dem Haus und suchte nach versteckten Winkeln und Nischen, in denen ein Tier Schutz suchen könnte. „Hallo?", flüsterte ich erneut.

Wie erwartet, kam keine Antwort.

Also umrundete ich die Villa und begab mich in die hinteren Gärten. Diese waren lange nicht so gepflegt wie die vor dem Haus, aber dennoch sehr beeindruckend. Bewundernd blieb ich vor einem kleinen Gemüsebeet stehen und fragte mich, ob die Buttererbsen, die zum Abendessen serviert wurden, wohl aus dem eigenen Anbau stammten.

Nach einer kurzen Pause ging ich weiter, wobei ich nach wie vor leise Geräusche von mir gab, die hoffentlich besagte oder zumindest irgendeine Katze anlocken würden.

Blink! Das Aufblitzen einer Bewegung am Rande erregte meinen Aufmerksamkeit, und ich wandte mich um, doch was immer es gewesen sein mochte – die vermisste Mutterkatze oder vielleicht sogar ein umherstreifender Marder – es war bereits wieder aus meinem Blickfeld verschwunden.

„Hallo?", rief ich mit zitternder Stimme und nahm mir in diesem Moment fest vor, in Zukunft nicht mehr so viele Dokumentationen über wahre Verbrechen anzuschauen.

Obwohl sich ein Angstknoten in meiner Kehle zu bilden drohte, marschierte ich entschlossen los in die Richtung, in der ich die Bewegung wahrgenommen hatte. All meine Sinne waren in höchster Alarmbereitschaft. Insbesondere bemerkte ich einen merkwürdigen Geruch.

„Was ist das denn?", stöhnte ich plötzlich auf und hielt mir mit der einen Hand die Nase zu, während die andere mit dem Handylicht einen großen Bogen beschrieb. Sein Strahl landete auf einer riesigen grünen Pflanze. Ja, sie war definitiv die Quelle des Geruchs. *Ekelhaft!*

Schnell schoss ich ein Foto davon und machte mich dann eiligen Schrittes auf den Rückweg.

Wieder bei Charles und Charlene angekommen, stellte ich erfreut fest, dass beide Näpfe komplett leer und sauber geleckt waren. Auf dem Schoss meines Mannes lag jetzt ein dickbäuchiges Fellbaby, das so laut schnurrte, dass man es sogar noch in einigen Metern Entfernung hören konnte.

„Irgendein Zeichen von ihr?", fragte er hoffnungsvoll, aber ich schüttelte nur den Kopf.

Charlene wurde urplötzlich still. „Warum ist meine Mami nicht zurückgekommen?", fragte sie und ließ ihren Blick durch den Garten schweifen. Im Gegensatz zu uns Menschen konnte sie nachts ja perfekt sehen, und auch ihr Gehörsinn war wesentlich besser ausgeprägt als der unsrige, was Octocat nicht müde wurde, mir immer wieder vor Augen zu führen ... natürlich neben all den anderen Eigenschaften, die Katzen somit zu der überlegeneren Spezies machte.

„Wir haben sie noch nicht gefunden, aber wir geben nicht auf", versicherte ich der Kleinen und nahm neben ihr und Charles Platz. „Vielleicht kannst du uns ja ein wenig mehr über sie erzählen?"

Charlene schloss die Augen und schnurrte leise, während sie in Erinnerungen schwelgte. „Sie ist die schönste Mami der Welt, mit einem ganz weichem Fell zum Kuscheln und sehr scharfen Zähnen und Krallen zum Jagen. Wenn ich groß bin, möchte ich so sein wie sie."

„Das wirst du bestimmt, aber wie sieht sie denn aus?", hakte ich sanft nach.

Die Kleine schien angestrengt nachzudenken. „Sie ist schwarz mit braunen Flecken, hat lange Schnurrhaare und eine sehr rosa Zunge."

Erneut zückte ich mein Handy und startete eine schnelle Internetrecherche. „So in der Art?", fragte ich und zeigte ihr ein Foto von einer schildpattfarbenen Katze.

„Nein, das ist nicht meine Mami", rief Charlene beleidigt aus, beruhigte sich aber direkt wieder. „Aber ja, ein bisschen sieht sie tatsächlich so aus."

„Gut, ich werde dir jetzt noch ein paar Bilder zeigen, und du sagst mir, ob du sie auf einem davon wiedererkennst, okay?" Ich tippte *Tierrettungen in meiner Nähe* ein und begann. durch die Fotos von dunklen Katzen zu scrollen, die zur Adoption standen.

Charlene sah sich alle aufmerksam an, aber auf keinem von ihnen war die vermisste Fellmama zu sehen.

„Meine Augen tun weh", quietschte sie nach einer Weile, kniff sie fest zusammen und wandte den Kopf ab. Das grelle blaue Licht musste ihr ziemlich zugesetzt haben. Oje. So wie es aussah, hatte ich noch so einiges über Babys zu lernen.

„Dann machen wir Schluss für heute", sagte ich zärtlich, „werden die Suche aber gleich morgen früh wieder aufnehmen."

„Versprichst du mir das?", fragte sie mit ihrem kleinen Stimmchen und legte die Ohren flach an den Kopf.

„Großes Ehrenwort", antwortete ich und kraulte sanft ihre winzige Stirn, um sie zu beruhigen. „Wäre es für dich in Ordnung, die Nacht gemeinsam mit uns in unserem Zimmer zu verbringen?"

Ihre Ohren stellten sich wieder auf, aber sie schien noch immer in höchster Alarmbereitschaft zu sein und zu überlegen, ob sie nicht besser weglaufen sollte. „Ich denke schon. Du wirst mich aber nicht fressen, oder?"

Ich musste lachen. „Keine Sorge, das hatte ich nicht vor."

„Und er auch nicht?", fragte sie und beäugte Charles mit einem plötzlich erwachten Misstrauen.

„Keiner von uns isst Katzen", versicherte ich ihr nachdrücklich. „Bei uns bist du sicher."

Als wir uns auf den Rückweg zu der alten Villa machten, gingen plötzlich sämtliche Lichter wieder an.

„Das wurde aber auch Zeit", merkte Charles

trocken an, der Charlene in seiner großen Hand verbarg.

Als mein Blick hinauf zum ersten Stock wanderte, sah ich in einem der Schlafzimmer im Gegenlicht einen dunklen menschlichen Schatten. War das unsere Suite? Nein, bestimmt hatte ich mich getäuscht. Ich besaß nämlich null Orientierungssinn und schaffte es selbst mit einem Navi noch, mich zu verfahren. Und da es meiner Schätzung nach im Obergeschoss mindestens acht Schlafzimmer gab, war die Person bestimmt einer der anderen Gäste in einem der anderen Räume gewesen.

Trotzdem war mir bei deren Anblick eine eisige Kälte in die Knochen gekrochen. Verstohlen schaute ich zu Charles hinüber, aber der lief einfach weiter, völlig ahnungslos.

Als ich einen zweiten Blick riskierte, war die Gestalt verschwunden, und ich fragte mich, ob mir womöglich nur mein Verstand einen Streich gespielt hatte.

„Vorsichtig", ermahnte mich Charles, als er mir die Tür aufhielt, die Augen nach unten gerichtet. „Hier ist alles verdreckt."

Und tatsächlich, sämtliche Stufen waren mit frischem, nassen Schlamm überzogen. Allerdings war alles zu sehr zertrampelt, als dass man klare Fußabdrücke hätte erkennen können.

Ich sog die Luft scharf durch die Zähne ein. „Darüber wird Madame Blue aber alles andere als erfreut sein."

„Na ja, solange sie uns nicht die Schuld daran gibt", brummte mein Mann.

Ich achtete besonders drauf, den versifften Teppich am Fuß der Treppe zu meiden, damit kein Zweifel aufkam, dass ein anderer Gast für diese Sauerei verantwortlich war.

Plötzlich jedoch plagten mich Schuldgefühle. Die alte Verwalterin hatte die Regeln klar dargelegt, und angesichts ihrer permanenten Nörgeleien hatte sie offensichtlich Einiges zu befürchten. Da wollte ich ihr natürlich nicht noch mehr Probleme bereiten, indem ich heimlich ein Kätzchen ins Haus schleuste, aber die Kleine brauchte nun mal unsere Hilfe und ich weigerte mich, sie im Stich zu lassen.

Na ja, das sollte eigentlich kein Thema sein, solange wir uns nicht erwischen ließen.

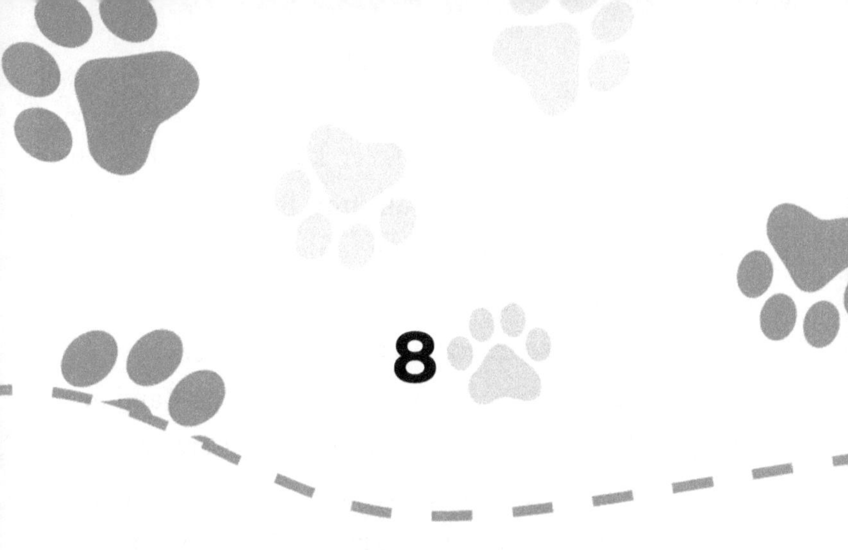

8

„*AAAAAAH!*" Ein markerschütternder Schrei riss mich am nächsten Morgen aus dem Schlaf.

Das Kätzchen neben mir sprang mindestens einen Meter in die Luft und fauchte, während ich mir meinen Bademantel vom Sessel neben dem nicht funktionierenden Kamin schnappte und aus dem Zimmer stürmte, um nachzusehen, was passiert sein mochte.

Im Flur traf ich auf eine verwirrt dreinblickende Blaire, die sich nicht einmal großartig die Mühe gemacht hatte, ihre Blöße zu bedecken. „Was ist denn los?", fragte ich atemlos. Sie rieb sich die Augen und zeigte auf die schmale Treppe, wo auf halber Strecke mein Mann kauerte. Falsch, er kauerte nicht ... Er war durchgekracht. Überall um ihn herum ragte gesplittertes Holz in die Höhe. Da er mir den Rücken zuwandte, konnte ich sein Gesicht nicht sehen, nahm aber an, dass es schmerzverzerrt war.

„Charles!", schrie ich und rannte an den Rand des Treppenabsatzes. „Was in aller Welt ist passiert?"

Er stöhnte und versuchte, sich zu mir umzudrehen, rutschte aber durch diese Gewichtsverlagerung noch weiter durch das Loch. „Ich wollte dich überraschen, mit diesen Käsebrötchen mit Hacksauce zum Frühstück, draußen bei Sonnenaufgang." Noch immer wandte er mir den Hinterkopf zu.

„Wir müssen dich schnellstens da rausholen", rief ich und wirbelte herum, um nach jemand anderem als Blaire zu suchen, die eindeutig nicht die Kraft – oder Lust – zu haben schien, uns zu helfen. „Billy? Madame Blue? Bitte, wir brauchen Hilfe."

„Was soll denn diese Aufregung so früh am Morgen?" Der Mann des Touristenpaars riss seine Zimmertür auf und kam den Korridor entlang in unsere Richtung gestürmt.

„Mein Ehemann ...", schluchzte ich verzweifelt auf und deutete auf Charles. „Die Stufen sind unter ihm zusammengebrochen, und er steckt fest."

Der Kerl wandte sich ab und besaß doch tatsächlich die Frechheit, zu kichern. „Du meine Güte, da sitzt einer wahrlich ganz schön in der Klemme." Dann erhob er die Stimme und rief Charles zu: „Ganz ruhig, mein Sohn. Ich hole Bill. Bin gleich wieder da."

„So wollte ich meinen Tag eigentlich nicht beginnen." Seine Frau erschien im Türrahmen, mit einem anderen Hawaiihemd, jedoch den gleichen Khaki-Shorts wie am Vorabend bekleidet, und ihre Miene drückte Fassungslosigkeit aus. „So etwas ist bei all unseren bisherigen Aufenthalten noch nie passiert."

Ich biss mir auf die Zunge, um nichts zu sagen, was ich hinterher bereuen würde.

„Blöd gelaufen", sagte Blaire lachend, bevor sie in ihr Zimmer zurückkehrte. Allerdings tauchte sie schon ein paar Sekunden später wieder auf und hielt ihr Handy in die Höhe. „Ich weiß auch schon ganz genau, mit welcher Musik ich dieses Video unterlegen werde", verkündete sie und ließ keinen Zweifel daran, dass sie beabsichtigte, das Unglück meines Mannes bei TikTok zu posten.

„Liebling, bist du verletzt?", rief ich zu ihm hinunter und beschloss, die anderen Gäste zu ignorieren und mich nur auf das zu konzentrieren, was wichtig war. „Soll ich einen Krankenwagen rufen?"

„Eher erschrocken", grunzte er. „Dieser Durchbruch hat mir buchstäblich den Boden unter den Füßen weggezogen, aber gebrochen scheine ich mir nichts zu haben."

„Gut, dann holen wir dich erst einmal raus und entscheiden dann, ob wir einen Arzt brauchen." Meine Angst war mittlerweile so stark, dass ich mich am liebsten weinend auf dem Boden zusammengerollt hätte – aber für ihn musste ich stark bleiben.

„Heiliger Strohsack, was für ein Schlamassel", ertönte in diesem Moment Billys Stimme, der mit einen abgenutzten ledernen Werkzeuggürtel um die Taille zu uns stieß. „Für die Reparatur werden Sie aufkommen müssen, und ich kann Ihnen gleich sagen, das wird nicht billig."

„Könnten Sie ihn bitte einfach nur da rausholen?", bettelte ich, anstatt ihm wegen seiner lächerlichen Forderung über den Mund zu fahren. Immerhin schien er unsere einzige Chance zu sein, Charles aus seiner misslichen Lage zu befreien.

„Wir sind ja schon dabei", sagte der Tourist und tauchte im Erdgeschoss hinter Billy auf. Wo kamen die beiden eigentlich her? Bisher war mir noch keine zweite Treppe aufgefallen, aber irgendwo musste es eine geben.

Und dann machten sie sich im Schneckentempo

an die Arbeit. Zeitweise blieb mir beinahe das Herz stehen, weil ich befürchtete, sie könnten ebenfalls ab- und das Gemäuer um uns herum einstürzen, aber tatsächlich gelang es ihnen, ihn freizubekommen.

Kaum dass er in Sicherheit war, rannte ich den Flur entlang, fand die zusätzliche Treppe und stürzte hinunter. Als ich ihn erreichte, zog ich ihn heftig an mich. „Du hast mir solch einen Schrecken eingejagt."

„Angie, es geht mir gut. Ein paar Paracetamol und ein heißes Bad, und ich bin wieder ganz der Alte." Er schob mich von sich und musterte mich mit zerknirschter Miene. „Allerdings haben wir den Sonnenaufgang verpasst, und das Frühstück ebenfalls."

„Ich lasse uns etwas liefern, aber zuerst kümmern wir uns mal um dich." Vorsichtig legte ich meinen Arm um seine Taille, nur für den Fall, dass er Hilfe beim Gehen benötigte. „Komm, da hinten gibt es eine weitere Treppe."

„Nicht so schnell, Schätzchen", rief die Touristenfrau von oben. „Ich persönlich fühle mich nicht mehr sicher, solange Sie beide weiterhin hier im ersten Stock wohnen. Was, wenn Ihr trotteliger Ehemann auch noch den anderen Weg nach unten zerstört? Dann sitzen wir alle hier oben für wer weiß wie lange fest. Ah, Madame Blue, da sind Sie ja. Wäre es nicht sinnvoller, diese zwei hier umzusiedeln, anstatt uns und die junge Dame mit der verrückten Frisur?"

„Wohl wahr, Vorsicht ist besser als Nachsicht", stimmte die alte Verwalterin, die just in diesem Moment hinzukam, ihr mit gewohnt lauter Stimme zu, bevor sie leiser etwas vor sich hin murmelte. „Aber so oder so, die historische Gesellschaft wird mich für dieses Malheur verantwortlich machen."

Mit gerunzelter Stirn wandte sie sich Charles und mir zu. „Wir haben noch ein freies Zimmer im Erdgeschoss. Billy, würdest du es aufschließen und Mr und Mrs Longfellow helfen, ihre Sachen nach unten zu bringen?"

Die Tusse im Hawaiihemd verschränkte die Arme vor der Brust und grinste überheblich. „Vielen Dank, ich weiß das wirklich zu schätzen. Und wenn es Ihnen nicht zu viel Mühe bereitet, würden Fred und ich dann gerne in die Suite umziehen, sobald sie diese gereinigt haben. Wir sollten sie ja ursprünglich sowieso bekommen, also wäre das die beste Lösung für alle."

„Natürlich, Madeline. Wie Sie wünschen", antwortete Madame Blue seufzend und ging zurück an ihre Arbeit.

Blair filmte die Szene nach wie vor, aber niemand schenkte ihr Beachtung. Immerhin warf sie mir einen mitfühlenden Blick zu: „Das ist echt scheiße für euch gelaufen."

Ich hätte es nicht treffender formulieren können, selbst wenn ich es versucht hätte, aber dazu fehlte mir im Moment die Kraft.

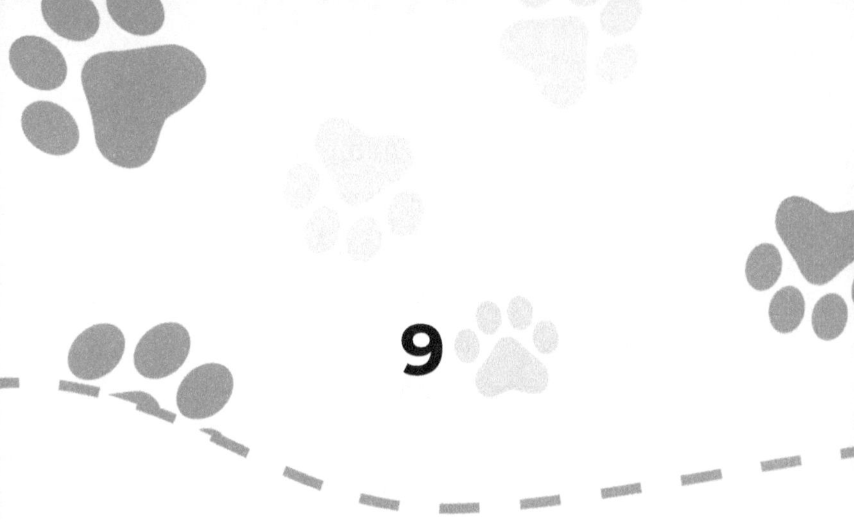

9

„Wir könnten sie wegen Fahrlässigkeit verklagen, da ich mich auf ihrem Grund und Boden verletzt habe", murrte Charles, als wir endlich allein waren. Sämtliche anderen Gäste waren auf ihre Zimmer zurückgekehrt, Billy kümmerte sich um unsere neue Unterkunft, und Madame Blue war mit wer weiß was beschäftigt.

„Aber du hast doch gesagt, du wärst nicht verletzt", erinnerte ich ihn mit sanfter Stimme. Selbst wenn wir im Recht wären, wollte ich nicht noch mehr Zeit auf diese Leute verschwenden und mich lieber auf uns konzentrieren.

„Keine Sorge, ich habe nicht vor, Anzeige zu erstatten, aber es geht mir ums Prinzip. Vor allem, was die Kosten für die Reparatur anbelangt. Sie von mir einzufordern, ist alles andere als legal." Er zückte sein Handy und öffnete das Suchfenster, bereit, trotz seiner gegenteiligen Behauptung in den Anwaltsmodus zu wechseln.

Ich drückte seine Hand nach unten und schüttelte den Kopf. „Lass es bleiben. Sie scheinen wirklich in ernsten finanziellen Schwierigkeiten zu stecken. Wer weiß, was hier sonst noch alles reparaturbedürftig ist. Ganz ehrlich, dieses Anwesen macht mir Angst, und ich bin mir nicht sicher, ob wir noch eine weitere Nacht hier bleiben sollten. Diese Entscheidung hat Priorität, nicht deine Suche nach juristischen Präzedenzfällen, wo du doch eh nicht vorhast, etwas gegen sie zu unternehmen."

Er nickte und steckte das Telefon zurück in die Tasche seiner Jeans. „Damit hast du natürlich recht, Angie, aber wir können hier nicht weg. Nicht, bevor wir Charlenes Mutter gefunden haben."

„O mein Gott, Charlene!", rief ich erschrocken aus. Auch wenn Billy und Madame Blue sich im Unrecht befanden, was Charles' Unfall betraf, hatten wir uns tatsächlich etwas zu Schulden kommen lassen, indem wir vorsätzlich die Hausregeln missachteten.

„Ich muss sofort nach oben und sie holen, bevor

Billy all unsere Sachen herausgeräumt hat und uns aussperrt. Wir treffen uns dann in dem neuen Zimmer, okay?"

Charles gab mir einen Kuss auf die Wange. „Ich warte besser hier auf dich und schaue, ob ich irgendetwas zum Frühstück organisieren kann."

„Ich liebe dich", rief ich ihm noch zu, bevor ich die zweite, noch intakte Treppe hinaufstürmte.

Als ich das Zimmer erreichte, war Billy bereits dabei, unsere Sachen für den hausinternen Umzug zusammenzusammeln. Auch die Touristin – Madeline, wenn ich mich recht erinnerte – hatte sich eingefunden und inspizierte gerade den Kamin. „Es sollte doch kein Problem darstellen, den heute Abend für uns anzuzünden, oder?", sagte sie zu dem Hausgehilfen, aber dem Klang ihrer Stimme nach war es eher ein Befehl als eine Frage.

„Entschuldigung", bellte ich und versuchte gar nicht erst, höflich zu bleiben. „Solange sich unsere persönlichen Dinge noch hier befinden, ist es nach wie vor unsere Unterkunft, und mein Mann und ich würden es sehr schätzen, wenn Sie unsere Privatsphäre akzeptierten." Dabei bedachte ich sie mit einem ähnlich tödlichen Blick wie dem, den sie mir am Abend zuvor beim Essen zugeworfen hatte.

Madeline kniff die Augen zusammen und

bedachte mich mit einem schmallippigen Lächeln. „Wie Sie meinen, Schätzchen. Es wird ja früh genug wieder uns gehören." Mit diesen Worten rauschte sie davon, und ich begab mich ins Badezimmer, wo Billy unsere sämtlichen Kosmetikartikel wahllos in eine Plastiktüte warf. „Ähm, Bill, wir sind Ihnen natürlich dankbar für Ihre Hilfe, aber dürfte ich meine privaten Habseligkeiten bitte selbst packen? Ich kann mich nicht wirklich mit dem Gedanken anfreunden, dass ein Fremder meine Zahnbürste anfasst ... oder meine Unterwäsche."

„Die Dame des Hauses hat angeordnet, dass dieser Umzug so schnell wie möglich über die Bühne gehen soll", erklärte er und setzte seine Tätigkeit unbeirrt fort. „Ganz unter uns ... Sie will mit den Mackenzies genauso wenig zu tun haben wie Sie."

„Das kann ich nur zu gut nachvollziehen! Ich muss Sie aber trotzdem bitten, kurz draußen im Flur zu warten und verspreche Ihnen auch, dass ich nicht lange brauchen werde."

Er nickte widerwillig, reichte mir die Plastiktüte, wandte sich zum Gehen und schlug die Tür hinter sich zu.

„Charlene?", flüsterte ich, als ich mir sicher war, dass er uns nicht mehr hören konnte.

Nur Sekunden später lugte ihr kleiner schwarzer

Kopf unter meinem Kissen hervor. Oh, Gott sei Dank!

„Mir gefällt es hier nicht", knurrte sie, und ich war überrascht, wie tief und grollend ihre Stimme klang. „Zu viele gruselige Leute."

Damit sprach sie mir aus tiefster Seele. „Keine Sorge, Charles und ich werden dich beschützen, bis du wieder bei deiner Mutter bist. Du hast mein Wort. Wir werden nicht zulassen, dass dir etwas Schlimmes geschieht."

„Gestern Nacht dachte ich, ich hätte Mami gehört, wie sie nach mir rief, aber es war nur ein Traum." Dieses süße Kätzchen schaffte es immer wieder, mir das Herz zu brechen.

„Träume werden wahr", versicherte ich ihr und streichelte ihr beruhigend übers Fell. „Aber jetzt müssen wir dich erst einmal hier rausschmuggeln. Man hat uns nämlich gezwungen, in ein anderes Zimmer umzuziehen, aber sobald das erledigt ist, gehen wir wieder nach draußen und suchen weiter, okay?"

Sie reagierte mit einem Schnurren, was der Bitte gleichkam, hochgehoben zu werden.

„Perfekt. Dann mal los." Schnell packte ich die verbliebenen Habseligkeiten zusammen mit Billys Plastiktüte in eine von Charles' Taschen und schnappte mir einen meiner Pullis, um das Kätzchen darin einzuwickeln. Dann machte ich mich auf den Weg nach draußen.

„Okay, Bill, Sie dürfen", sagte ich und warf noch einen letzten Blick zurück auf unsere Traum-Suite. So furchtbar, wie sich alle seit unserer Ankunft uns gegenüber benommen hatten, war er noch der Einzige, der zumindest einen Anflug von Mitgefühl zu besitzen schien. „Wir wissen Ihre Hilfe wirklich zu schätzen."

„Ihr neues Zimmer befindet sich direkt neben der Küche. Leider ist es nicht sonderlich groß. Wir vermieten es auch nur dann, wenn alle anderen belegt sind, was schon lange nicht mehr der Fall war. Dafür können Sie sich auch jederzeit etwas aus dem Kühlschrank holen", fügte er entschuldigend hinzu. „Wir treffen uns dann gleich unten."

„Danke", sagte ich noch einmal, bevor ich mich über den langen Flur und die zweite Treppe wieder ins Erdgeschoss begab. Als ich an Madeline und Fred Mackenzies Tür vorbeikam, bedachten mich beide mit einem hämischen Grinsen. Eigentlich war es unglaublich, dass sie, nachdem sie sich so abscheulich verhalten hatten, auch noch ihren Willen bekamen. Bedauerlicherweise konnte ich nichts dagegen tun.

„Sie haben uns direkt neben der Küche einquartiert", informierte ich Charles, nachdem ich wieder zu ihm stieß, und deutete mit dem Kinn auf das Bündel in meinem Arm, um ihm zu verdeutlichen dass alles glattgegangen sei.

„Ausgezeichnet", antwortete er ruhig. „Jetzt bin ich mehr als bereit für eine Paracetamol und ein heißes Bad."

„Ihr neues Zimmer verfügt leider über keine Wanne", erklärte Billy, der kurz nach mir auftauchte und meinen Koffer sowie eine der Taschen in Händen trug. Die zweite hatte er sich locker über die Schulter geworfen. „Tatsächlich nicht einmal über ein eigenes Badezimmer. Sie werden wohl oder übel das Gemeinschaftsbad benutzen müssen. Zum Glück haben wir dort vor ein paar Jahren zumindest eine Duschkabine für Notfälle dieser Art einbauen lassen."

Das war der Moment, in dem ich endgültig die Nerven verlor. Mein Mann hatte sich diverse Prellungen zugezogen und wollte nichts anderes als ein heißes Bad nehmen. Und nicht einmal das war ihm in diesem herrschaftlichen Haus vergönnt?

„Sehen Sie nicht selbst, wie lächerlich das ist?", zischte ich, nicht länger gewillt, einen auf nett zu machen. „Charles trägt keine Verantwortung an diesem Vorfall, im Gegenteil: Er ist das Opfer. Meine Eltern haben für uns Ihr bestes Zimmer bezahlt, auch wenn sie annahmen, damit das gesamte Anwesen reserviert zu haben. Und jetzt zwingen Sie uns wegen dieser haltlosen Beschwerde eines anderen Gastes, mit Ihrem minderwertigsten Raum vorlieb zu nehmen?"

Er zuckte lediglich mit den Schultern und schien nicht weiter überrascht über meinen Ausbruch. „Sie dürfen gerne eine schlechte Bewertung abgeben, mir ist das egal. Damit schaden Sie lediglich Madame Blue, weil sie eben für all dies hier verantwortlich ist."

„Und was sollte diese mehr als unpassende Bemerkung, dass wir für den Schaden aufzukommen hätten?", redete ich mich weiter in Rage.

Er schnalzte missbilligend mit der Zunge. „Das habe ich doch nur gesagt, weil ich meinen Job behalten möchte und wusste, dass die alte Schachtel zuhört."

„Sie scheinen sie ja wirklich zu hassen. Warum arbeiten Sie dann überhaupt hier?"

„Aufgrund der momentanen Wirtschaftslage ist so ein Job mit Unterkunft und Verpflegung schwer zu bekommen. Also bitte, nach Ihnen." Er stieß die Tür auf, und bei dem Anblick, der sich uns bot, stockte mir der Atem. Ein nicht einmal sonderlich breites Doppelbett füllte fast den gesamten Raum aus. In eine Ecke hatte man gerade noch so eine hohe Kommode gequetscht, und ein klappbares TV-Tablett war mit einer Lampe und einem Deckchen zu einer Art behelfsmäßigem Nachttisch umfunktioniert worden. Aber das war's dann auch schon.

„Soll das ein Witz sein? In dieser Abstellkammer sollen wir die nächsten Tage verbringen?", protestierte ich, als Bill unser Gepäck neben der Kommode abstellte, wodurch man sich hier drinnen nun endgültig nicht mehr rühren konnte.

„Immerhin der Garten ist schön", versuchte Charles, mich zu beruhigen, nachdem der Hausgehilfe den Rückzug angetreten hatte.

„Es gibt auch andere Flecken da draußen" widersprach ich genervt und erinnerte mich an das stinkende Grünzeug, über das ich in der vergangenen Nacht beinahe gestolpert wäre. „O stimmt, das habe ich dir ja noch gar nicht gezeigt." Ich setzte Charlene auf ihrem neuen Bett ab, zog mein Handy hervor und scrollte durch meine Fotogalerie.

„Hier", sagte ich und hielt ihm das Display unter die Nase. „Das habe ich gestern hinter dem Haus entdeckt, als ich nach der Katzenmama suchte. Es roch einfach nur schrecklich."

Er wirkte amüsiert. „Wie ein Stinktier?"

„Ja, genau so. Woher weißt du …?"

„Das ist Stinktierkraut. Warum man es allerdings in einem so perfekt gepflegten Garten wie diesem anpflanzt, kann ich nicht nachvollziehen. Aber gut, wenn man den Zustand der Treppe bedenkt, sind vielleicht auch die Außenanlagen nicht mehr das, was sie einst waren."

„Was ist nur mit diesem Ort passiert? Er ist bei weitem nicht so, wie Mom ihn beschrieben hat, oder aber sie hatte ihn einfach falsch in Erinnerung. Alles, was schiefgehen konnte, ist schiefgegangen."

„Hey, halte dich zurück, solche Äußerungen bringen nur Unglück", sagte er mit einem verschmitzten Augenzwinkern. Also gut. Zumindest hatte ich für meine Woche in der Hölle die bestmögliche Gesellschaft, die man sich nur wünschen konnte.

10

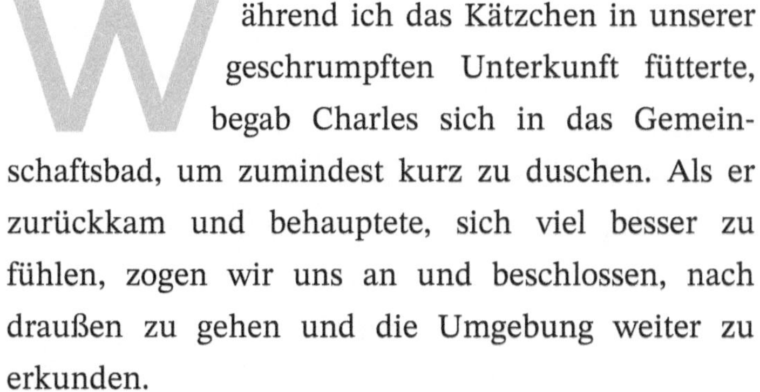

Während ich das Kätzchen in unserer geschrumpften Unterkunft fütterte, begab Charles sich in das Gemeinschaftsbad, um zumindest kurz zu duschen. Als er zurückkam und behauptete, sich viel besser zu fühlen, zogen wir uns an und beschlossen, nach draußen zu gehen und die Umgebung weiter zu erkunden.

„Ich konnte niemanden finden, der so weit draußen einen Lieferservice anbietet", berichtete ich zerknirscht, während Charles sich die Schuhe zuband. „Lass uns einfach ein paar von den Snacks probieren, die du gestern Abend mitgebracht hast, und nachdem wir ein paar Stunden intensiv gesucht haben, fahren wir in die Stadt und gönnen uns ein leckeres Mittagessen.“

„Das klingt nach einem Plan. Ich nehme die Sachen an mich.“

„Und ich schnappe mir Charlene.“ Die hatte keine Zeit verschwendet und sich direkt zwischen der Matratze und den Kissen zusammengerollt.

Nach einem zügigen Spaziergang über das Grundstück ließen Charles und ich uns an einem eisernen Bistrotisch nieder, der von zwei kunstvoll verzierten Stühlen flankiert wurde.

„Doritos und Dörrfleisch zum Frühstück … ein kulinarischer Hochgenuss“, scherzte ich und stürzte mich auf die Snacks.

„Nur das Beste für meine Frau“, konterte er und knabberte an einem grell orangefarbenen Tortilla-Chip. „Und wenn du ganz lieb zu mir bist, teile ich sogar noch meine Oreos mit dir.“

„Solch ein Angebot kann ich natürlich nicht ausschlagen“, kicherte ich.

In geselligem Schweigen ließen wir uns unsere etwas andere Mahlzeit schmecken, hielten dabei jedoch Augen und Ohren nach Charlenes vermisster Mutter offen.

„Habt ihr das gehört?“, fragte ich plötzlich.

Charles richtete sich auf seinem Sitz auf. „Was? War es eine Katze?"

Ich lauschte erneut, vernahm aber nur ein leises Flüstern von der anderen Seite des Gartens. „Ehrlich gesagt bin ich mir nicht sicher. Es klingt nach mehreren Stimmen. Jetzt allerdings sind sie wieder verstummt."

„Dann lass uns mal hingehen und es herausfinden." Er stand auf und klopfte sich die Brösel von den Händen. Ich leckte mir die Finger sauber, und dann liefen wir hinüber zu den gelben Rosen, die mich bereits am Vortag so verzaubert hatten.

„Hörst du sie? Die Stimmen?", fragte ich und blickte mich um, konnte aber die dazugehörigen Sprecher nicht ausmachen.

Er schüttelte den Kopf. „Sollte es ein Tier sein, weißt du doch, dass ich in dieser Hinsicht nutzlos bin."

„Du bist nicht nutzlos", beharrte ich, hilfesuchend zu dem Kätzchen in meinen Armen hinabblickend. „Du ebenfalls nicht, Charlene?"

„Nein, tut mir leid", miaute sie traurig. Hmm, das war seltsam.

„Hallo?", rief ich zögerlich, als wir uns den Rosen näherten.

Und endlich ergaben die Worte Sinn. „Und das ist noch so eine Sache. Ich weiß, dass die Lichter ausgingen, aber wenn sie nichts sehen konnten, hätten sie einfach wegbleiben sollen. Jemand hat die Blumenbeete hinten zertrampelt und wäre um ein Haar sogar noch auf die Königin getreten. Die Königin, stell dir das nur mal vor!"

„Menschen sind wirklich die schlimmsten Tiere, fast sogar noch schlimmer als dieses lästige Stinktierzeugs", stimmte ein zweiter mysteriöser Redner zu.

„Hört, hört", fielen weitere Stimmen ein.

„Hallo?", versuchte ich es erneut. „Wer ist da?"

„Was haben diese beiden Personen so nah an unserem Bienenstock zu suchen? Sollen wir sie stechen?", sagte jemand leise.

„Bitte stecht mich nicht", rief ich, nachdem mir klar geworden war, Zeuge wessen Gesprächs ich geworden war. „Ich bin ein Freund aller Lebewesen, einschließlich der Bienen."

„Meint sie etwa uns? Noch nie zuvor hat ein Mensch zu uns gesprochen." Es folgte ein verwirrtes Summen.

Ich hob Charlene näher an mein Gesicht und fragte sie: „Bist du ganz sicher, dass du niemanden hören kannst?"

„Ganz sicher", bestätigte das kleine Kätzchen. Normalerweise konnten Tiere einander versehen, aber auch ich hatte bisher noch nie mit Insekten kommuniziert. Unsere Flitterwochen wurden immer seltsamer und seltsamer.

Da meine Gefährten nicht in der Lage waren, mir zu helfen, machte ich eben allein weiter. „Hallo, Bienen. Ja, ich spreche mit euch. Es tut mir leid wegen der zertrampelten Blumen und dass jemand beinahe eure Königin verletzt hätte. Lasst mich euch helfen und redet mit mir."

Eine Weile flüsterten sie miteinander, allerdings so leise, dass ich nichts verstehen konnte. Offensichtlich wollten sie auch nicht gehört werden, bis sie, was mich betraf, zu einer einstimmigen Entscheidung gekommen waren.

Schließlich löste sich eine pummelige Biene aus der Menge, kam auf mich zugeflogen und hielt direkt vor meinem Gesicht inne. „Sei gegrüßt, Mensch. Ich bin Aldrin und das ist Lightyear." Er wartete kurz, bis ein zweiter Brummer sich zu uns gesellte.

„Hallo. Mein Name ist Angie." Ich blieb stocksteif stehen, Charles jedoch machte einen Satz hinter mich.

„O mein Gott, noch mehr Bienen. Ich hole schnell meinen EpiPen, nur für den Fall der Fälle, und nehme Charlene mit." Kaum hatte ich ihm das Kätzchen in die Arme gedrückt, rannte er auch schon davon wie ein geölter Blitz.

„Du hast keine Angst vor uns, Mensch", stellte Aldrin fest.

„Angie", erinnerte ich ihn mit sanfter Stimme. „Nennt mich bitte Angie."

„Verzeihung. Wir haben nur noch nie mit einem Menschen gesprochen. Bist du diejenige, die in dem Haus wohnt?" Ich konnte nicht sagen, ob das von Aldrin oder Lightyear kam, was aber auch weiter keine Rolle spielte, denn die Bienen schienen wie eine Einheit zu handeln und zu denken.

„Nein, ich mache hier nur ein paar Tage Urlaub." Ich verkniff mir die Bemerkung, dass die mehrere Jahrzehnte ältere, kleinere und wesentlich lautere Madame Blue und ich uns doch rein gar nicht ähnlich sahen, denn wahrscheinlich konnten sie uns ebenso wenig auseinanderhalten wie wir sie.

Die beiden Bienen schwirrten hin und her und kommunizierten eher durch Bewegungen als mit Worten miteinander. Als sie sich einig zu sein schienen, wandten sie sich erneut mir zu. „Würdest du eventuell unsere Beschwerden an den zuständigen Menschen weiterleiten?"

„Ich kann es gerne versuchen", antwortete ich

wahrheitsgemäß, hatte aber wenig Hoffnung, da Madame Blue ja schon kein Ohr für meine Beanstandungen hatte, und ich war immerhin ein zahlender Gast. Von daher konnte ich mir kaum vorstellen, dass sie etwas für die Bienen tun würde.

„Das würde uns schon reichen", beteuerte Lightyear, und beide schwirrten aufgeregt vor mir auf und ab.

Aldrin war dann derjenige, der die Liste der Missstände vortrug. „Früher waren unsere Gärten ein blühendes Paradies und lieferten uns eine Fülle köstlichen Honigs. In letzter Zeit jedoch verkommen sie immer mehr. Viele unserer Lieblingsblumen verschwinden komplett und werden durch übelriechende Pflanzen ersetzt."

„Das Stinktierkraut", sagte ich und erinnerte mich an die letzte Nacht sowie Charles' spätere Identifizierung des Gewächses.

Beide Bienen flogen im Zickzack vor mir herum, bevor sie sich so weit beruhigten, dass sie wieder sprechen konnten. „Genau. Es ist unser natürlicher Feind. Jemand versucht offensichtlich, uns auszurotten, und das werden wir nicht einfach so hinnehmen. Außerdem wird zu viel von unserem Honig gesammelt, so dass nicht mehr genug davon übrigbleibt, um unser Volk zu ernähren. Natürlich haben wir nichts dagegen, dass die Menschen die Früchte unserer Arbeit genießen, aber eben in Maßen. Jetzt jedoch wird uns der Boden unter den Füßen weggezogen. Wir arbeiten hart, und unsere Bäuche bleiben leer."

„Wie schrecklich, das tut mir so leid." Auch wenn ich mich mit diesen Insekten und ihrem Leben und Werken so gut wie null auskannte, hatte ich Mitleid mit ihnen.

„Es ist wirklich schrecklich", sagten sie unisono und vollführten einen synchronen Lufttanz direkt vor meiner Nase.

„Ich werde sehen, was ich für euch tun kann", versprach ich ihnen. Vielleicht wäre Madame Blue etwas gesprächsbereiter, wenn ich ihr ein paar Fragen über den Stinkkohl stellte, den ich im Garten entdeckt hatte, und mich erkundigte, wo ich Honig aus der Region kaufen konnte.

„Das ist alles, worum wir dich bitten", sagte eine der Bienen, bevor beide davonflogen und offensichtlich zu ihrem Stock zurückkehrten.

Tja ... eigentlich waren Charles und ich in dieses altherrschaftliche Steinhaus gekommen, gut eintausend Kilometer von zu Hause entfernt, um endlich einmal abschalten zu können. Das jedoch schien uns nicht vergönnt zu sein. Ein Rätsel nach dem anderen tat sich auf. Wäre da nicht dieses süße Kätzchen, das unsere Hilfe benötigte, wir wären schon längst auf und davon. Aber da wir vorerst eh hier festsaßen, konnten wir genauso gut versuchen, ein paar dieser Geheimnisse zu lüften und den Ort nach unserer Abreise in einem besseren Zustand zurückzulassen, als wir ihn vorgefunden hatten.

11

Nachdem die Bienen mich verlassen hatten, beschloss ich, noch einmal die Grundstücksgrenze abzulaufen, in der Hoffnung, Charlenes Mutter zu finden. Das gesamte Anwesen war von einer roten Backsteinmauer umgeben, aber auch auf der anderen Seite befand sich nichts als Natur. Vielleicht sollten wir unsere Suche auf nebenan ausweiten. Ich würde Charles fragen, was er davon hielt, sobald er mit seinem EpiPen zurück war.

Auf halbem Weg zu meiner zweiten Runde kam plötzlich Blaire durch die Vordertür gestürmt und brüllte in ihr Handy. Das Sonnenlicht spiegelte sich in ihrem bunten Haar, was so fantastisch aussah, dass ich mich fragte, ob ich nicht ebenfalls einmal einen so gewagten Look probieren sollte.

Natürlich versuchte ich, nicht zu lauschen, aber ihre laute Stimme war unüberhörbar.

„Vielleicht will ich gar nicht wieder nach Hause kommen! Ist dir der Gedanke schon mal gekommen?" Beinahe klang sie so, als würde sie knurren, während ich mich geflissentlich der Betrachtung der Hortensien widmete.

Ein paar Augenblicke später lachte sie bitter auf. „Das denkst du wirklich, was? Komm nicht – ich wiederhole – unter keinen Umständen hierher. Ich will dich jetzt nicht sehen, Dylan. Eigentlich bin ich mir gar nicht sicher, ob ich deine blöde Visage je wiedersehen will."

Als ich verstohlen zu Blaire hinüberschaute, stellte ich fest, dass ihr sommersprossiges Gesicht über und über mit roten Flecken übersät war. Das arme Ding. Noch so jung, und schon solch heftige Probleme zu Hause. Vielleicht sollte ich anbieten, ihr irgendwie zu helfen?

Sie ertappte mich dabei, wie ich sie musterte, und bedachte mich mit einem finsteren Blick.

Schnell wandte ich mich ab.

„Ich muss Schluss machen", sagte sie jetzt viel leiser zu der Person am anderen Ende der Leitung, bei der es sich vermutlich um ihren Freund handelte. „Eine äußerst neugierige Person hört mit. Und außerdem habe ich dir sowieso nichts mehr zu sagen!"

Sie beendete das Telefonat und stieß einen Urschrei aus, bevor sie sich zu mir umwandte. „Genießt du deine tägliche Portion Schadenfreude?", brüllte sie, bevor sie wieder ins Haus marschierte und die Tür hinter sich zuschlug.

Na ja, zumindest schien es so, als könnte sie auf sich selbst aufpassen, auch wenn sie kein großer Fan von mir zu sein schien. Hoffentlich traf sie die richtige Entscheidung und würde nicht zu einem Mann zurückkehren, der sie schlecht behandelte, denn mit Sicherheit würde auch sie eines Tages ihren Charles finden.

Einen Moment lang schwelgte ich in dem Gefühl der Liebe zu meinem frisch angetrauten Ehemann, bis mir auffiel, dass ich ihn schon eine geraume Weile nicht mehr gesehen hatte. Er war weggegangen, als ich anfing, mich mit den Bienen zu unterhalten, hatte jedoch versprochen, nur seinen EpiPen zu holen und gleich zurückzukommen. Wo also steckte er?

Ihm war doch hoffentlich nicht erneut etwas Schlimmes widerfahren?

Die kaputte Treppe tauchte vor meinem geistigen Auge auf. Im Allgemeinen war ich keine sehr abergläubische Person, aber auch hier in Virginia galt definitiv Murphys Gesetz. Alles, was schiefgehen konnte, ging auch schief – und noch einiges mehr.

Ich beschleunigte mein Tempo und machte mich auf die Suche nach ihm. Als Erstes rannte ich zum Fuß der beschädigten Treppe, konnte ihn jedoch nirgends entdecken. Allerdings vernahm ich ein leises Klopfen aus dem rückwärtigen Teil des Hauses und hielt darauf zu, um ihm auf den Grund zu gehen.

„Charles?", rief ich und bahnte mir einen Weg durch die Küche in Richtung unseres Schlafzimmers.

„Angie? Bist du das? Ich bin eingesperrt!", ertönte seine mürrische Stimme aus dem Inneren.

„Wie ... eingesperrt? Was ist denn passiert?" Ich griff nach dem Türknauf und versuchte ihn zu drehen, aber er klemmte eindeutig. *Meine Güte!*

„Ich weiß es nicht", erwiderte er genervt. „Ich brauchte ein paar Minuten, um meinen EpiPen zu finden, da unsere Sachen aufgrund des überstürzten Umzugs alle komplett durcheinander waren. Als ich ihn endlich entdeckt hatte und wieder gehen wollte, rührte sich die Tür keinen Zentimeter mehr. Ich rufe schon eine geraume Weile nach Hilfe, aber niemand scheint mich zu hören."

Okay, ich wusste, dass Blaire mit ihrem Telefonat beschäftigt gewesen war, aber wo bitte steckten die übrigen Gäste und das Personal? Warum nahm sich niemand seiner an? Nun, zumindest war ich jetzt hier, auch wenn ich nichts ausrichten konnte.

„Ich bekomme sie ebenfalls nicht auf. Warte noch kurz, ich hole Hilfe!" brüllte ich und machte mich auf den Weg.

Billy hatte sich vorhin zumindest ansatzweise freundlich gezeigt, aber wie würde er reagieren, wenn sich innerhalb weniger Stunden die nächste Krise abzeichnete? Womöglich hatte er Charles sogar rufen hören und sich entschieden, ihn zu ignorieren.

Ich durchsuchte das komplette Haus nach irgendwelchen Lebenszeichen, klopfte sogar an die Gästezimmer im Obergeschoss, aber niemand antwortete mir, obwohl ich hätte schwören können, Blaire in ihrer Suite herumlaufen zu hören. Egal, sie wäre uns sowieso keine große Hilfe gewesen.

Nachdem ich meine Möglichkeiten im Inneren ausgeschöpft hatte, kehrte ich zu meinen Mann zurück, um ihn zu informieren, dass es noch ein wenig dauern könnte. Dann stürmte ich nach draußen, mittlerweile am Ende meiner Kräfte. Ich erinnerte mich, am anderen Ende des Grundstücks einen alten Geräteschuppen gesehen zu haben. Vielleicht würde ich dort etwas finden, womit ich die Tür aus den Angeln heben konnte. Im Moment erschien mir das die beste Option, in Anbetracht fehlender humaner Hilfe und der Tatsache, dass ich nicht wirklich wusste, wie man ein Schloss knackt.

Ich hatte mich schon fast herangepirscht, als derselbe alte Pickup, neben dem wir bei unserer Ankunft geparkt hatten, in die Einfahrt gerumpelt kam. Als ich mich umdrehte, erspähte ich Madame Blue. Sie stellte ihn ab, stieg aus und entdeckte mich umgehend.

„Ja?", schrie sie genervt. „Was ist denn jetzt schon wieder los?"

Vor Verlegenheit stieg mir die Röte in die Wangen. „Nun ja, Billy hat uns das andere Schlafzimmer im Erdgeschoss zugewiesen, und jetzt lässt sich dessen Tür nicht mehr öffnen. Mein Mann sitzt darin fest."

„Sitzt fest? Heiliger Bimbam! Kann man nicht mal eine Stunde wegfahren, um Besorgungen zu machen? Derartige Vorkommnisse sind genau der Grund, warum die Bank meinen Kredit abgelehnt hat. Sie sind der Meinung, es lohne sich nicht, das Haus zu erhalten, und so allmählich glaube ich das auch." Sie schüttelte den Kopf und nestelte an ihrem Schlüsselbund herum.

Ganz offensichtlich war es ihr zuwider, sich mit weiteren Katastrophen herumschlagen zu müssen, aber da Charles ja irgendwie wieder dort raus musste, blieb mir keine andere Wahl, als auf ihre Hilfe zu drängen. „Tut mir wirklich leid, dass ich Sie erneut belästigen muss, aber ich weiß mir allein nicht zu helfen. Er hat ja nicht einmal ein Bad dort drinnen."

„Schon gut, ich komme ja schon", brummte sie, zog sich die Riemen ihrer Einkaufstasche über die Schulter und stapfte an mir vorbei in Richtung Eingangstür.

Als sie an der Klinke unseres Zimmers rüttelte und ebenfalls feststellen musste, dass diese sich nicht bewegte, ging sie in die Küche und kehrte nur Augenblicke später mit einem Trittschemel zurück. Sie stellte ihn auf den Boden, kletterte darauf, strich mit der Hand oben über den Türrahmen und zog einen alten Messingschlüssel hervor. Den steckte sie in das Schlüsselloch und drehte ihn, und schon öffnete sich die Pforte zu Charles' Gefängnis.

„Wenn Sie mich jetzt entschuldigen würden ... Ich bin mit den Vorbereitungen für das Mittagessen bereits in Verzug", fauchte sie und ließ uns stehen. Charles und ich blickten uns verwirrt an.

„Ich wusste nicht, dass es einen Schlüssel gibt", sagte ich schulterzuckend, bevor ich ihm erleichtert in die Arme fiel.

Er streichelte mir beruhigend übers Haar, obwohl doch wieder einmal er derjenige war, den es erwischt hatte. „Jemand muss mich eingesperrt haben, aber warum?"

„Das ist eine berechtigte Frage."

Allerdings hatten wir keine Antwort darauf. Offensichtlich hatte es jemand auf ihn abgesehen und ich sollte schleunigst herausfinden, wer das war, bevor noch Schlimmeres passierte.

12

Während wir gemeinsam auf dem Bett lagen, um die neuerliche Aufregung zu verdauen, begann Charles' Magen, lautstark zu knurren.

„Ich schätze, die paar kleinen Snacks waren keine wirkliche Alternative zu einem gescheiten Frühstück, zumal du gestern ja auch schon das Abendessen verpasst hast", sagte ich, während Charlene an seine Seite gekuschelt döste.

„Stimmt, aber wie du schon sagtest, hier draußen sind wir außerhalb jedes Lieferradius, und wir können die Kleine nicht allein lassen." Er hielt kurz inne, streichelte sie liebevoll, und fuhr dann fort. „Madame Blue hat doch erwähnt, dass sie Mittagessen zubereitet, oder? Vielleicht sollten wir es einfach nochmals wagen, uns mit den anderen an einen Tisch zu setzen, auch wenn es unangenehm zu werden verspricht? Und sobald wir Charlenes Mutter gefunden haben, fahren wir in die Stadt und gönnen uns ein exzellentes Neun-Gänge-Menü."

„Und wenn wir schon mal dort sind, könnten wir uns auch direkt nach einer neuen Bleibe umschauen", fügte ich seufzend hinzu und rollte mich auf die Seite, um ihn anzusehen. „Aber du bist dir sicher, dass du mit der Abreise noch warten möchtest?"

„Was bleibt uns denn anderes übrig? Wir können das Baby nicht allein lassen, und jemandem hier vertrauen schon zweimal nicht."

„Wieso nehmen wir sie nicht einfach mit in die neue Unterkunft?", schlug ich vor, obwohl ich wusste, dass auch das keine wirkliche Option war.

Charles' grüne Augen bohrten sich in meine. „Dann hätten wir keinen Grund mehr, hierher zurückzukommen. Madame Blue würde uns mit Sicherheit den Zutritt verweigern."

„Stimmt." Nervös zupfte ich an der Haut meines Ellbogens herum, eine äußerst üble Angewohnheit. „Ich mache mir einfach nur Sorgen dass etwas noch Schlimmeres passieren könnte."

Er schüttelte den Kopf und tat meine Ängste mit

einer Handbewegung ab. „Das wird es schon nicht, mach dich nicht verrückt."

„Mir sicherlich nicht, aber was ist mit dir?"

„Mir ebenso wenig", versicherte er mir, obwohl die Beweislast der letzten Tage eindeutig dagegen sprach. „Und jetzt lass uns essen gehen, bevor ich vor Schwäche zusammenbreche."

So ungern ich mich erneut zu den anderen gesellen wollte, musste ich doch einsehen, dass uns kaum eine andere Wahl blieb. So schloss ich mich widerwillig meinem Mann an, nahm aber zuvor noch den Schlüssel an mich, den die Verwalterin wieder oben auf dem Türrahmen deponiert hatte. Es brauchte niemand Zugang zu unserem Zimmer zu haben, solange wir uns nicht darin aufhielten. Wir fanden Madame Blue, Billy und das Mackenzie-Paar vor, die Pastrami-Sandwiches und etwas aßen, das aussah wie Kartoffelsalat.

„Keine Blaire heute?", fragte ich beiläufig, als Charles und ich unsere Plätze einnahmen.

„Sie macht Intervallfasten, ist angeblich so ein neuartiges trendiges Zoomer-Ding", erklärte Madeline Mackenzie und grinste breit in meine Richtung. Jetzt, wo sie das Zimmer zurück bekommen hatte, schien sie wesentlich besserer Laune zu sein.

Charles zog die Platte mit den Sandwiches heran

und nahm sich zwei Roggenbrote, während er das Sauerteigbrot für mich übrig ließ.

Ich schaufelte große Mengen des Salats auf jeden unserer Teller, während er bereits das erste belegte Dreieck verputzte. Etwas Grünes in der cremigen Masse stach mir ins Auge und veranlasste mich, den Kartoffelberg etwas genauer unter die Lupe zu nehmen. Tatsächlich … Kapern.

Sie waren eines der wenigen Lebensmittel, die ich hasste wie die Pest, und es machte auch wenig Sinn, sie einzeln herauszuklauben. Die bitteren kleinen Kugeln vergifteten alles, womit sie in Berührung kamen – insbesondere meine Geschmacksknospen. *Mist.*

Charles beendete sein erstes Sandwich und stürzte sich dann mit großer Begeisterung auf seine Kartoffeln. Kaum hatte er jedoch den ersten Bissen genommen, drehte er sich zu mir um, und ich nickte unmerklich, woraufhin er sich meinen Teller schnappte und meine Portion auf den seinen schob. Er kannte mich einfach zu gut.

„Meine Kochkünste sind wohl nicht nach Ihrem Geschmack?", schrie Madame Blue vom anderen Ende des Tisches zu mir herüber.

„Die Sandwiches sind köstlich", schwärmte ich

und zeigte mit dem Daumen nach oben. „Ich bin nur leider kein Fan von Kapern."

„Keine Esskultur", murmelte sie vor sich hin, aber natürlich wieder dermaßen laut, dass auch alle anderen es hören konnten.

Mrs Mackenzie schnüffelte, verkniff sich jedoch eine Bemerkung, als ihr Mann ihr die Hand auf den Arm legte.

Danach aß Charles noch schneller, da er uns offensichtlich aus dieser misslichen Lage befreien wollte. Kaum hatte ich mir den letzten Bissen in den Mund geschoben, war auch er bereit zu gehen.

Er legte seine Serviette auf den Teller und erhob sich. „Vielen Dank für diese köstliche Mahlzeit."

Ich stand ebenfalls auf und hastete ihm hinterher, als er zügig in Richtung unseres Zimmers ging, das ja ganz in der Nähe des Speisesaals lag.

An der Tür angekommen, gab sein Magen ein lautes, gurgelndes Geräusch von sich.

„War es nicht genug?", neckte ich ihn.

Er verzog das Gesicht zu einer Grimasse und drückte sich eine Hand auf den Bauch. „Doch, aber jetzt muss ich dringend auf die Toilette. Bin gleich wieder bei dir." Er beugte sich zu mir herunter, offensichtlich mit der Absicht, mir einen Kuss zu geben.

Dann jedoch überlegte er es sich anders und stürmte in Richtung der Gemeinschaftstoilette davon.

Schulterzuckend schloss ich auf und betrat das Zimmer.

Charlene erwachte, als ich mich zu ihr aufs Bett setzte. „Wo ist dein Kumpel?", fragte sie und suchte den Raum nach Charles ab.

„Er kommt gleich. Fühlst du dich besser?"

„Ich bin nach wie vor traurig wegen Mommy, aber nicht mehr so müde." Sie leckte sich die Pfote, strich sich damit über den Kopf und kletterte dann auf meinen Schoß.

„Das freut mich zu hören."

„Ja", sagte sie mit einem schweren Seufzer und ließ sich dann nach echter Katzenmanier auf die Seite fallen. „Aber dafür ist mir jetzt langweilig. Würdest du mir die Geschichte über Octavius weitererzählen?"

Ich lachte über ihre weit aufgerissenen, leuchtenden Augen, als sie diese Bitte äußerte. „Dir gefällt die Story?"

„O ja, sehr sogar." Dabei nickte sie zustimmend mit dem Kopf, und ich konnte es kaum glauben, dass sie nach so kurzer Bekanntschaft bereits menschliche Gesten angenommen hatte.

Dann kam mir eine großartige Idee. „Möchtest du ein Bild von ihm sehen?"

„Ja!", quietschte sie erfreut, sprang auf und blickte sich verwirrt im Zimmer um. „Wo ist es denn?"

„Auf meinem Telefon, eine Sekunde." Ich holte mein Handy heraus, scrollte durch die Galerie und entschied mich für ein Foto von Octocat und Grizabella, das ich an meinem Hochzeitstag von ihnen geschossen hatte, der ja irgendwie auch zu ihrem Hochzeitstag geworden war. Darauf sahen die beiden besonders schick aus – er mit einer eleganten rosafarbenen Fliege, sie mit einer Schleife und einem zarten Spitzenschleier.

„Wow, so eine Katze habe ich noch nie gesehen." Charlenes Blick haftete auf der Himalaya-Katze, die ein ehemaliges Model und wirklich eine wahre Schönheit war.

„Das ist Grizabella, seine Gefährtin", erklärte ich und deutete dann auf ihn. „Und das hier ist Octavius."

Sie schaute nur kurz auf ihn und wandte sich dann wieder Grizz zu. „Lebt sie auch bei dir?"

„Nein", antwortete ich mit einem traurigen Lächeln. Natürlich musste sich mein Kater ausgerechnet in jemanden verlieben, der am anderen Ende des Kontinents wohnte. Warum einfach, wenn es auch kompliziert ging. „Leider sehr weit von uns weg."

„Ich wette, er vermisst sie, wenn sie nicht bei ihm ist, so wie ich meine Mami vermisse."

„Damit hast du sicherlich recht. Soll ich dir noch weitere Fotos zeigen?", fragte ich, denn wie bei jedem Katzenbesitzer war auch mein Handy randvoll mit Bildern und Schnappschüssen meines tierischen Mitbewohners.

„Ja bitte, ich möchte sie alle sehen!", rief sie und entlockte mir mit ihrer Reaktion ein fröhliches Lachen.

Und während wir die Alben durchstöberten, löcherte sie mich nur so mit Fragen über meine verwöhnte Fellnase. Irgendwann jedoch kniff sie die Augen zusammen und beklagte sich, das Licht tue ihr wieder weh. „Aber wir können doch später weiterschauen, oder?"

„Wir können ihn sogar anrufen, wenn du ihn kennenlernen möchtest. Wenn es deinen Augen besser geht."

„Das würde ich sehr gerne. Jetzt jedoch bin ich müde." Und ohne weitere Zeit zu verschwenden, rollte sie sich zu einem kleinen Ball zusammen.

„Gute Nacht, Charlene", sagte ich und drückte ihr einen sanften Kuss zwischen die Ohren.

13

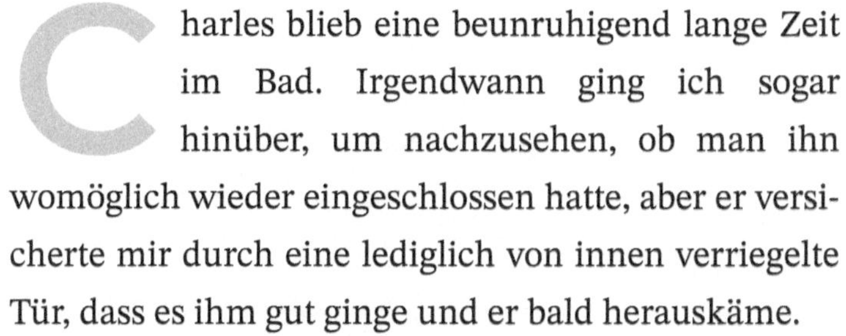

harles blieb eine beunruhigend lange Zeit im Bad. Irgendwann ging ich sogar hinüber, um nachzusehen, ob man ihn womöglich wieder eingeschlossen hatte, aber er versicherte mir durch eine lediglich von innen verriegelte Tür, dass es ihm gut ginge und er bald herauskäme.

Sorgen machte ich mir trotzdem, denn das war ein merkwürdiges Verhalten, was mein frischgebackener Ehemann da an den Tag legte. Erst nach einer weiteren Stunde kehrte er ins Zimmer zurück und sah absolut erschöpft aus.

„Ich glaube, jemand hat mich vergiftet", flüsterte er vorsichtig.

„*Vergiftet!*", kreischte ich auf.

„Psst", warnte er und legte einen Finger an die

Lippen. „Wir wissen nicht, wer zuhört. Und Gift könnte ein zu hartes Wort sein, aber ich vermute, dass jemand ein starkes Abführmittel unter die Kartoffeln gemischt hat. Dir geht es ja gut, oder?"

„Ich bin fit wie ein Turnschuh." Zur Bekräftigung wirbelte ich herum und hob die Arme, damit er mich von allen Seiten betrachten konnte, runzelte dann jedoch die Stirn. „Denkst du wirklich, jemand hat es mit Absicht getan? Das wäre ja ungeheuerlich."

Er hielt sich den Bauch und ließ sich am Fuße des Bettes nieder, um Charlene nicht zu stören, die am Kopfende friedlich schlief. „Ja", stöhnte er. „Irgendwer hat es definitiv auf mich abgesehen."

Ich legte mich quer aufs Bett zwischen die beiden und wandte mich ihm zu. So allmählich keimte in mir ein Verdacht auf.

„Vielleicht nicht einmal speziell auf dich", sagte ich und hielt kurz inne, damit er meine Worte sacken lassen konnte. „Wenn sie etwas unter den Kartoffelsalat gemischt haben, wollten sie damit uns beide erwischen. Das Gleiche gilt für die Treppe. Sie konnten ja nicht wissen, wer von uns beiden morgens als Erster nach unten gehen würde. Und was das Zimmer betrifft, hätte genauso gut ich – oder sogar wir beide – drin sein können."

Charles dachte einen Moment lang darüber nach.

„Also will diese Person eigentlich uns beiden Schaden zufügen, erwischt aber immer nur mich. Aber warum eigentlich? Wir sind doch erst gestern Abend hier angekommen, und niemand kennt uns."

„Deine Vermutung ist so gut wie meine, und ich habe überhaupt keine. Zumindest hält sich die Zahl der Verdächtigen in Grenzen."

"Madame Blue, Billy, das Mädchen mit den Regenbogenhaaren ..."

„Blaire", ergänzte ich.

„Richtig, Blaire, und das ältere Paar, das uns die Suite weggeschnappt hat." Seine Miene verdüsterte sich. „Also ich tippe auf die beiden."

„Die Mackenzies sind ziemlich unangenehm, das gebe ich zu, aber unser Täter könnte wirklich jeder hier sein. Blaire hat ebenfalls keinen Hehl daraus gemacht, dass sie mich nicht leiden kann. Dennoch sind es Billy und Madame Blue, die Zugang zu allem haben. Nehmen wir mal an, das mit der Treppe war tatsächlich ein Unfall, dann bleiben immer noch die anderen Sachen übrig: Jemand muss dich absichtlich eingeschlossen und ein Abführmittel in den Kartoffelsalat gemischt haben."

In Charles Augen machte sich Verständnis breit. „Also ist die Alte unsere Hauptverdächtige, denn immerhin hat sie das Essen vorbereitet."

„Vielleicht, vielleicht aber auch nicht. Als gestern während der Mahlzeit die Lichter ausgingen, rief sie nach Billy, der ihr Kerzen holen sollte. Der jedoch war urplötzlich verschwunden." Erst jetzt wurde mir klar, dass er bei diesem unglückseligen Dinner ja nicht dabei gewesen war und daher nicht über dieselben Informationen verfügte wie ich. Und gestern hatte ich überhaupt nicht daran gedacht, dieses Detail zu erwähnen, weil ich es für unbedeutend hielt. Jetzt allerdings könnte es unser wichtigster Hinweis sein.

„Du glaubst also, er war für den Stromausfall verantwortlich?", fasste Charles meine Ausführungen zusammen.

„Ehrlich gesagt, ich weiß nicht mehr, was ich glauben soll. Das Einzige, was ich sicher weiß, ist, dass hier an jeder Ecke Gefahr lauert." Ein Schauer jagte mir über den Rücken und ich wollte mir gar nicht vorstellen, was als Nächstes passieren könnte. Der arme Charles hatte doch wirklich schon genug durchmachen müssen.

„Wie auch immer, wir sitzen hier fest, bis wir Charlenes Mutter gefunden haben", warf er ein.

Gleichzeitig blickten wir beide liebevoll auf das dösende Kätzchen.

„Das einzig Gute ist, dass wir jetzt den Schlüssel

zu unserem Zimmer haben." Grinsend zog ich ihn aus meiner Tasche. „So können wir es zumindest absperren, wenn wir den Großteil des Tages draußen im Garten mit der Suche nach Mama Katze verbringen."

Er nahm mir den Schlüssel ab und betrachtete ihn einen Moment lang, bevor er ihn einsteckte. „Stimmt, und ich kann gegen Abend ja auch nochmals in die Stadt fahren, Essen zum Mitnehmen besorgen und unsere Lebensmittelvorräte aufstocken."

Bei dem Gedanken, ihn erneut allein losziehen zu lassen, runzelte ich die Stirn. Eigentlich hatten wir uns doch vorgenommen, uns während unserer Flitterwochen keine Sekunde zu trennen. „Es tut mir leid, wie sich das alles entwickelt hat."

Charles griff nach mir und zog mich zu sich heran. „Aber, Liebste, wir haben noch den ganzen Rest unseres gemeinsamen Lebens vor uns. Sicherlich werden sich noch eine Million weitere Gelegenheiten für eine große, romantische Urlaubsreise ergeben."

Ich zwang mich zu einem Lächeln. Natürlich hatte er recht, allerdings war dieser Trip genau das Gegenteil von dem, was ich mir erhofft hatte. „Zumindest wird diese uns für immer in Erinnerung

bleiben." Und dass wir beide so blendend miteinander klarkamen, war ja auch wichtig.

Er nickte zustimmend. „Eines Tages werden wir
darüber lachen."

„Vorausgesetzt, wir kommen jemals lebend hier
raus", fügte ich hinzu.

„Das werden wir, Angie." Charles strich mir mit
dem Daumen über die Wange. „Bis vorhin sind wir ja
von Missgeschicken oder Pannen ausgegangen, aber
jetzt befinden wir uns in höchster Alarmbereitschaft.
Und wir haben einen Plan."

Ja, den hatten wir allerdings. Blieb nur abzuwar-
ten, ob er funktionierte.

14

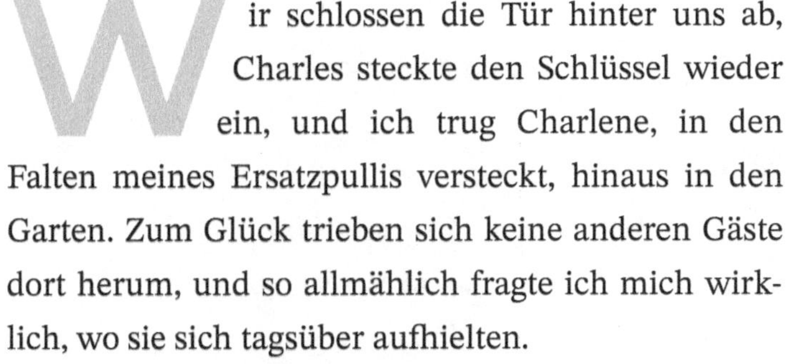

Wir schlossen die Tür hinter uns ab, Charles steckte den Schlüssel wieder ein, und ich trug Charlene, in den Falten meines Ersatzpullis versteckt, hinaus in den Garten. Zum Glück trieben sich keine anderen Gäste dort herum, und so allmählich fragte ich mich wirklich, wo sie sich tagsüber aufhielten.

„Ich denke, wir sollten mit den Bienen anfangen, sie fragen, ob ihnen noch andere, besorgniserregende Dinge aufgefallen sind ... irgendwelche Vorkommnisse, die mit der Serie von Unglücksfällen zusammenhängen könnten, die dir seit unserer Ankunft widerfahren sind", schlug ich vor, nachdem ich mich erneut vergewissert hatte, dass niemand sonst in der Nähe war.

Charles kramte in seiner Hosentasche und holte ein leuchtend gelbes Röhrchen mit einer orangefarbenen Kappe heraus. „Nur zu, ich habe meinen EpiPen bei mir, aber lass mich dir zeigen, wie man ihn benutzt ... nur für den Fall der Fälle."

Ich schwieg und runzelte die Stirn, während er mir erklärte, wie ich ihm bei einem Worst-Case-Szenario – einem schweren allergischen Schock – damit das Leben retten konnte. „Ganz ehrlich, allein die Vorstellung, dich zu verlieren, macht mir Angst. Und wenn ich an all die *Unfälle* der letzten Tage denke ..."

Er drückte mir einen Kuss auf den Scheitel. „Das wirst du nicht. Ich ziehe mich mit Charlene in den hinteren Teil des Gartens zurück, während du mit den Bienen sprichst. Oh, und könntest du sie eventuell bitten, nicht unbedingt mich zu stechen?"

„Das werde ich." Und so begab er sich zusammen mit dem kleinen Kätzchen zur hinteren Grenze des Grundstücks, während ich mich erneut dem Beet mit den gelben Rosen näherte, in dessen Nähe ich den Bienenstock vermutete „Aldrin? Lightyear?", rief ich. „Hallo, ihr Bienen? Ich würde gerne nochmals kurz mit euch reden."

Als niemand antwortete, begann ich, die Sträucher

und Büsche nach einem Hinweis auf ihr Haus zu durch-suchen, wobei ich mich immer weiter von den prächtigen gelben Blumen entfernte. Schließlich entdeckte ich eine weiße Holzkiste, versteckt unter hängenden Zweigen, nicht weit entfernt von dem übelriechenden Stinktierkohl. „Aldrin? Lightyear?", versuchte ich es erneut, wobei ich mir die Nase zuhielt. Der Kohl roch heute zwar nicht annähernd so schlimm wie am vorherigen Abend, trotzdem wollte ich kein Risiko eingehen.

„Sei gegrüßt. Wie können mein Volk und ich dir helfen, Mensch?" Ich drehte mich um und sah eine enorm dicke Brumme auf einer schwarzäugigen Susanne sitzen. Angesichts ihres Umfangs und der Tatsache, dass es sich um ein Weibchen handelte, musste dies die Königin sein.

Da ich nicht das Geringste über die Umgangsformen der Bienen wusste, machte ich vorsichtshalber mal einen Knicks. „Eure Majestät."

„Bitte nenne mich einfach bei meinem Namen, das ist völlig ausreichend."

„Gerne, Eure Maj ... äh, wie heißt du denn?"

„Ich bin Bey." *Königin Bey* natürlich.

„Hallo, Bey. Mein Name ist Angie. „Was machst du denn hier draußen, so weit außerhalb deines sicheren Zuhauses?" Behutsam ließ ich mich vor ihr auf dem Boden nieder und beugte mich vor, so dass ich mich mit ihr auf Augenhöhe befand.

Sie rieb ihre Vorderbeine zusammen, was ich nun unschwer erkennen konnte, und setzte zu einer Erklärung an: „Meine Arbeiterdrohnen sind auf der Suche nach einem neuen Standort für unseren Bienenstock, weil wir die Nähe zu dieser elenden Pflanze nicht mehr ertragen können."

Beide blickten wir in Richtung des Stinktierkohls. „Das kann ich euch nicht verdenken. Braucht ihr Hilfe beim Umzug?"

„Nein, wir haben beschlossen, einen eigenen Stock zu bauen, damit die Menschen uns nicht länger sämtlichen Honig stehlen können. Somit schlagen wir zwei Fliegen mit einer Klappe."

Schon wieder dieses Sprichwort, das ich als Tierfreundin so sehr hasste. Daher beschloss ich, einen Ausdruck zu verwenden, der mir angebrachter erschien. „Ihr löst also beide Probleme in einem Aufwasch", verkündete ich.

Bey blickte verwirrt auf ihre prallen Vorderbeine hinab. „Tut mir leid, aber das verstehe ich nicht."

Ich grinste. „Alles gut. Es ist nur ein alberner menschlicher Spruch."

Sie gab ein scharfes, summendes Geräusch von sich, das ich für einen Seufzer hielt – es könnte aber auch ein Aufschrei gewesen sein. „Du magst albern sein, Angie, aber viele andere Personen sind in letzter Zeit zur Gefahr für uns geworden."

„Ja, Aldrin und Lightyear haben mir bereits davon berichtet. Sie rotten euren natürlichen Lebensraum aus und bereichern sich an eurem Honig, so dass für euch selbst nichts mehr übrig bleibt", wiederholte ich die Worte, die mir von dem Gespräch mit den beiden anderen in Erinnerung geblieben waren.

Bey kreiste langsam um die Blume, bevor sie sich wieder darauf niederließ. „Ganz genau, und am liebsten würden wir diesen Ort für immer verlassen, wäre da nicht eine gewisse Tradition. Schon meine Mutter und ihre Mutter haben hier gelebt."

„Also hat dieser Garten einen gewissen sentimentalen Wert für dich. Das kann ich nur zu gut nachvollziehen. Gibt es etwas, das ich tun kann, um euch zu helfen?" Denn helfen wollte ich ihnen unbedingt. Ich hatte mich zwar bisher noch nie großartig mit dem Thema Bienen befasst, wusste aber aus den Nachrichten, dass ihre Population gefährdet und ihr Überleben wichtig für unseren Planeten war. Von daher würde ich alles in meiner Macht Stehende tun, um zumindest dieses Völkchen hier zu retten.

„Halte andere Menschen von uns fern", bat Bey

mit eindringlicher Stimme. „Ich möchte auf keinen Fall noch weitere Mitglieder meiner Kolonie opfern, die sie uns durch Stiche vom Leib fernhalten müssen und dafür mit ihrem Leben bezahlen. Allerdings befürchte ich, wir haben keine andere Wahl."

„Ach ja, da fällt mir ein … bitte stürzt euch nicht auf meinen Mann. Er ist einer der Guten und hochgradig allergisch."

Bey gab erneut einen seltsamen schrillen Summton von sich. „Leider kann ich, was Menschen anbelangt, den einen nicht von dem anderen unterscheiden. Wahrscheinlich würde ich nicht einmal dich wiedererkennen, sollten wir uns noch einmal begegnen."

Ich nickte kaum merklich, denn ich wollte keine übertriebenen Bewegungen machen, wenn ich mit einem solch kleinen Lebewesen sprach. „Da ich dich aber schon einmal hier bei mir habe, hätte ich noch eine Frage: Sind dir weitere seltsame Dinge in diesem Garten oder in dem Haus aufgefallen?"

„Was meinst du mit seltsam?" Beys Stimme wurde schwächer, sie schien erschöpft zu sein. Mit Sicherheit war es nicht gut für sie, sich so lange außerhalb ihres geschützten Nestes aufzuhalten. Ich würde mich mit meinen Fragen beeilen, musste sie trotzdem zuerst über all die Dinge aufklären, die Charles und mir seit unserer Ankunft widerfahren waren.

Sie saß regungslos auf der Blume und hörte mir aufmerksam zu. „Ihr Menschen seid eine Gefahr für euch selbst, mehr noch als für uns."

Ich seufzte. „Damit hast du leider recht."

„Ich kann dir nicht helfen, dir lediglich verraten, dass sich während meiner Regentschaft so einiges zum Negativen verändert hat. Einst erweckten diese Gärten den Neid sämtlicher Anwohner, aber ihre Pracht schwindet mehr und mehr ... Jedoch nicht aufgrund von Vernachlässigung, sondern durch mutwillige und vorsätzliche Zerstörung."

„Indem jemand die schlechten Pflanzen hier ansiedelt", fasste ich zusammen.

„Ganz genau. Dadurch gehen die guten zugrunde, und da sie uns auch noch unseren kompletten Honig stehlen, stehen wir kurz vor einer großen Hungersnot."

Bei diesen Worten brach mir das Herz. „Wie furchtbar. All das tut mir so leid."

„Keine Sorge. Wir sind nicht umsonst ein Paradebeispiel für harte Arbeit. Meine Arbeiterinnen sind bereits dabei, einen neuen Bienenstock zu errichten, und gemeinsam werden wir eine neue Ära des Wohlstands einläuten. Und bis dahin werde ich hier ausharren und meiner Kolonie als Vorbild dienen."

„Du bist eine gute Anführerin", versicherte ich ihr.

„So wie alle Königinnen es sein sollten. Und du bist zwar ein seltsamer Mensch, aber ein gütiger. Hoffentlich bekommst du all deine Probleme gelöst."

„Und ihr die euren. Ich werde mit der Eigentümerin des Hauses sprechen und sehen, ob sie helfen kann."

„Da mache ich mir zwar keine allzu großen Hoffnungen, weiß deine Bemühungen aber dennoch zu schätzen. Lebe wohl, Angie." Da Königin Bey ihren Platz in der Mitte der dunklen Blume beibehielt, war es offensichtlich, dass sie die Audienz als beendet betrachtete.

Also machte ich mich auf, meinen Mann und unser temporäres Adoptivkätzchen zu finden, um ihnen zu erzählen, was ich in Erfahrung bringen konnte. Vielleicht hatte Charles ja irgendeine Idee, wie wir der Bienenkolonie helfen konnten, solange wir noch hier waren, in diesem alten Herrenhaus, dessen Mauern und Gärten so viele Geheimnisse bargen.

15

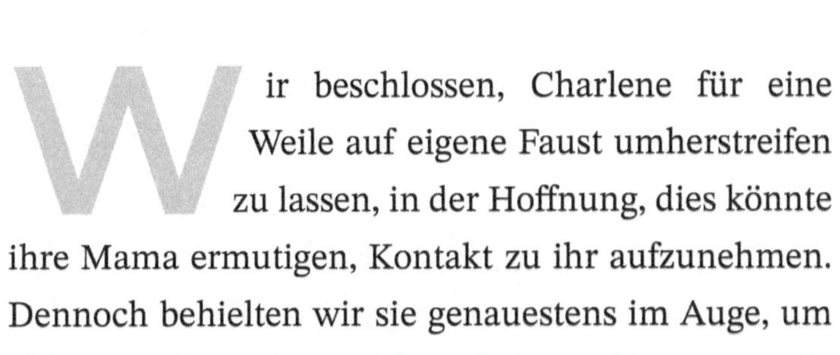

Wir beschlossen, Charlene für eine Weile auf eigene Faust umherstreifen zu lassen, in der Hoffnung, dies könnte ihre Mama ermutigen, Kontakt zu ihr aufzunehmen. Dennoch behielten wir sie genauestens im Auge, um sicherzustellen, dass weder Madame Blue noch die anderen Gäste sie entdeckten.

Während sie also auf Erkundungstour ging, zeigte ich Charles das Beet mit dem Stinktierkraut und erzählte ihm von den Plänen der Bienen, aus ihrem aktuellen Haus aus- und in einen neuen, selbst erbauten Bienenstock umzuziehen. „Heute riecht es hier nicht mehr ganz so schlimm wie gestern, aber bestimmt noch schrecklich genug für die kleinen Brummer", stellte ich fest.

„Lass mich mal sehen." Charles beugte sich hinunter und untersuchte eines der dicken Blätter. „Jemand ist erst kürzlich darauf herumgetrampelt, was den üblen Gestank gestern verursacht haben dürfte."

Scham überkam mich. „Hoffentlich war ich das nicht gewesen. Es wäre ja furchtbar, wenn ich Bey und ihrem Völkchen so viel Ärger bereitet hätte."

„Das glaube ich eher nicht. Schau mal hier." Er deutete mit dem Kinn auf einen anderen Teil des Kohlfeldes. „Es wurde nur an einigen Stellen, und zwar an den Rändern plattgedrückt. Wenn jemand versehentlich darüber gelaufen wäre, hätte derjenige eine wesentlich deutlichere Spur hinterlassen."

„Du glaubst also, es war Absicht?"

„Meiner Meinung nach ja. Die Person hat dieses Kraut vorsätzlich hier angepflanzt." Er stand auf und wischte sich die Hände an einem Taschentuch ab.

„Dann lass uns weiterschauen, ob wir sonst noch etwas Ungewöhnliches entdecken."

„Wir können Fotos machen und eine umgekehrte Bildersuche durchführen, um die Identität jeder Blume und Pflanze herauszufinden", schlug Charles vor und hatte auch schon sein Handy gezückt, bereit, sich auf ihm unbekanntes Terrain zu begeben. „Das ist vielleicht aussagekräftiger, als nach visuellen Hinweisen zu suchen."

„Großartige Idee!" Ich zog ebenfalls mein Handy hervor. Wir beide liebten intellektuelle Herausforderungen, und das hier war ein echter Knüller. „Es gibt doch diese App, mit der man Blumen erkennen kann. Ich lade sie schnell mal herunter."

So schossen wir in der nächsten Stunde Fotos von jeder Pflanze, die wir auf dem Grundstück fanden, und versuchten, nicht aufzufallen, während wir den Garten katalogisierten.

„Verdammt schwierig", sagte ich, nachdem unser letztes Bild im Kasten war. „Es gibt so viele verschiedene Unterarten. Das hier zum Beispiel – Ist das ein Shasta-Gänseblümchen oder ein Ochsenauge?" Seufzend fuhr ich mit der Fingerspitze über die zarte weiße Blüte.

Charles hingegen war noch immer in Hochstimmung. Mit konzentrierter Miene tippte er auf seinem Handy herum und scrollte durch diverse Artikel. „Also meiner Meinung nach ein Ochsenauge."

„Und wie kommst du darauf?" Interessiert beugte ich mich zu ihm hinüber, um zu sehen, was sein Bildschirm anzeigte.

Er reichte mir das Telefon und setzte zu einer Erklärung an. „Es handelt sich um eine invasive

Spezies. Auf den ersten Blick sieht sie aus wie eine Blume, ist aber in Wirklichkeit ein Unkraut und dafür bekannt, die Arbeit unerfahrener Gärtner in vielen Klimazonen zu zerstören. So auch in dieser Region."

„Aber Madame Blue ist nicht unerfahren", wandte ich ein. „Als meine Eltern hier ihre Flitterwochen verbrachten, war der Garten perfekt, und ich vermute mal, dass sie schon damals die Verwalterin war."

„Dann scheint es fast so, als hätte jemand die Pflanzen absichtlich ausgetauscht, um die Anlage von innen heraus zu zerstören."

„Aber wer sollte so etwas tun, und warum?"

Charles zuckte mit den Schultern und seufzte tief auf. „Wer profitiert davon, indem er mich in unserem Zimmer einsperrt oder den Kartoffelsalat manipuliert?"

„All das gefällt mir ganz und gar nicht." Ich ließ den Kopf hängen, und mit jedem weiteren Hinweis, auf den wir stießen, wuchs meine Verwirrung.

„Mir auch nicht, aber ich hätte da eine Idee, wie du dich schlagartig besser fühlen könntest."

Ich schaute zu ihm auf, gespannt auf das, was er vorschlagen würde.

Mein Ehemann bedachte mich mit einem liebevollen Lächeln. „Wie wäre es mit einem Anruf zu Hause? Ich weiß doch, dass du sie alle schrecklich vermisst. Ein Gespräch mit unseren Lieben wird dich sicherlich aufmuntern."

„Aber diese Woche wollten wir uns doch nur auf uns konzentrieren", argumentierte ich, schüttelte den Kopf und ergriff seine Hand.

Er drückte die meine, ließ sie dann aber direkt wieder los. „Wenn ich etwas verstanden habe, dann das, wie wichtig deine Großmutter dir ist. Außerdem haben wir noch ein ganzes Leben vor uns, das wir miteinander verbringen werden, nur wir beide."

„Okay", überlegte ich und biss mir auf die Unterlippe. „Überredet. Rufen wir sie an."

„Nein, das machst du. Ich begebe mich in der Zwischenzeit auf die Suche nach Charlene." Er warf mir einen Handkuss zu und stürmte davon.

Ich verschwendete keine weitere Sekunde und tippte direkt Grandmas Nummer ein. Wie recht er doch hatte ... ich vermisste sie wirklich sehr. Solange ich denken konnte, war sie meine engste Freundin gewesen, und selbst ein paar wenige Tage ihr liebes Gesicht nicht zu sehen, fühlte sich seltsam an.

Nach nur wenigen Klingelzeichen nahm sie meinen FaceTime-Anruf an. Viel erkennen konnte ich nicht, aber sie schien, bekleidet mit einem pinkfarbenen Seidenpyjama, im Bett zu liegen. Als sie mich erblickte, machte sich ein riesiges Lächeln auf ihrem Gesicht breit.

„Angie, Liebling!", rief sie erfreut aus. „Wie läuft das Eheleben?"

„Großartig, aber was den Rest anbelangt, bin ich mir noch nicht so sicher", gestand ich ihr und versuchte, ihr zuliebe fröhlich dreinzublicken.

„Ich bin gleich wieder da, Grant", flüsterte sie und verschwand kurzzeitig vom Bildschirm, bevor sie wieder auftauchte.

„Schieß los", forderte sie mich auf, während sie, das Telefon in der Hand, durchs Haus in die Küche wanderte. „Ich setze nur schnell Tee auf."

Und so erzählte ich ihr alles und schloss mit den Worten: „Aber bitte sag Mom und Dad nichts davon. Sie waren so glücklich über ihr ganz spezielles Geschenk, und ich möchte auf keinen Fall, dass sie erfahren, wie viel Ärger wir hier haben, vor allem, da sie so schöne Erinnerungen mit dem Haus verbinden."

„O je, all das klingt ja schrecklich", sagte Großmutter und versenkte ihren Teebeutel in einer Tasse mit heißem Wasser.

„Allerdings. Ich hoffe, eure Flitterwochen verlaufen besser als unsere?" Bei meinen letzten

Worten schwang eine gewisse Angst mit, dass dem nicht so sein könnte.

„Die starten erst nächste Woche, wenn du zurück bist. Stell dir vor, Grant hat eine Überraschungskreuzfahrt nach Alaska für uns gebucht!", schwärmte sie und fuhr sich mit der Hand durchs Haar. Selbst nach all den Jahrzehnten und obwohl längst pensioniert, konnte sie ihre schauspielerischen Wurzeln nicht verleugnen. „Wie bitte? Wieso in aller Welt hast du dich auf einen Trip an solch einen kalten Ort eingelassen?", verlangte ich zu wissen, aber dieses Mal war mein Lächeln echt. Wann immer ich mit ihr sprach, fühlte ich mich immer gleich so viel besser, ganz egal, was sonst so in unserem Leben passierte.

„Oh, *na ja.*" Sie verzog verächtlich die Lippen, was mich so richtig zum Kichern brachte. „Grant meint, die Winter sind heftig, die Sommer dafür einzigartig. Allerdings haben wir auch hier eine schöne Zeit. Wer hätte das gedacht, dass ich nach dem Verlust deines Großvaters noch einmal heiraten würde. Aber ich bin so froh, ihn an meiner Seite zu haben, jetzt, wo du endgültig erwachsen bist und im Begriff stehst, deine eigene Familie zu gründen."

„Darüber bin ich auch mehr als glücklich, aber Charles und ich haben das mit der Familienplanung erst einmal nach hinten verschoben."

Sie machte eine abwehrende Handbewegung. „Du weißt doch genau, wie ich das meine, Liebes."

„Ja, schon klar. Aber tatsächlich habe ich diese Woche unerwartete Erfahrungen mit der Mutterschaft gemacht." Ich erzählte ihr noch alles über Charlene und fügte hinzu: „Du hast so viel verpasst, Grandma."

„Das scheint mir auch so. Lauter Dinge, gute wie auch schlechte, die es wert sind, sie im Herzen zu behalten und nie zu vergessen, würde ich wetten." In ihren Augen lag ein verständnisvolles Funkeln. Sie und ich wussten beide, dass einige meiner schlimmsten Erfahrungen zu meinen besten Entscheidungen geführt hatten. Wie etwa die Begegnung mit Octocat nach meiner traumatischen Nahtoderfahrung durch eine defekte Kaffeemaschine.

„Da fällt mir gerade ein ...", unterbrach ich sie aufgeregt, „Ist Octocat in der Nähe? Charlene ist ein großer Fan von ihm und möchte ihn unbedingt kennenlernen."

„O bitte nein." Grandma wurde blass. „Weißt du nicht mehr, was das letzte Mal passiert ist, als ein bekennender Fan in sein Leben trat? Ich sage nur: Pringle."

„So schlimm ist der kleine Kerl doch gar nicht",

entgegnete ich lächelnd und dachte wieder an diesen ganz besonderen Moment mit ihm während meiner Hochzeitsfeierlichkeiten zurück.

„Also gut. Warte mal kurz." Der Bildschirm wurde dunkel, aber noch immer hörte ich sie laut und deutlich. „Paisley, könntest du bitte deinen Bruder suchen gehen?", bat sie das kleine Hündchen mit hoher Babystimme.

Nur Augenblicke später ertönte am anderen Ende der Leitung ein lautes Bellen. „Anscheinend war sie erfolgreich", kicherte Grandma und ging nicht nur einen, sondern gleich zwei Treppenabsätze nach oben in mein Turmzimmer. Charles und ich hatten bereits überlegt, jetzt, da er bei mir wohnen würde, nach unten ins Hauptschlafzimmer umzuziehen, aber ich hatte mich einfach schon so sehr an meinen Turm gewöhnt, und Octocat offensichtlich ebenfalls. Obwohl er sein eigenes Reich besaß, mit einem Aquarium und allem, was sich eine verwöhnte Katze nur wünschen konnte, hielt er sich immer dann, wenn ich nicht zu Hause war, in meinen Räumlichkeiten auf.

Während Großmutter sich ihm näherte, gab ich meinem Mann ein Zeichen, dass ich mich kurz nach drinnen verziehen würde. Dann eilte ich in unsere Abstellkammerunterkunft.

Kaum dass ich die Tür hinter mir geschlossen hatte, hielt sie auch schon die Kamera vor das pelzige kleine Gesicht, das mir bereits jetzt schon so sehr fehlte.

„Hey, Kumpel, was machst du denn auf meinem Bett? Vermisst du mich etwa?", neckte ich ihn, gleichwohl erfreut über sein Verhalten.

Er legte die Ohren an. „Sei nicht so …"

„Ich dich ebenfalls", unterbrach ich ihn, um ihn direkt wissen zu lassen, dass das Gefühl auf Gegenseitigkeit beruhte. „Und es ist auch völlig okay, zuzugeben, dass du mich liebst, auch wenn nichts Schlimmes passiert ist."

„Was meinst du mit nichts Schlimmes? *Alles* ist im Moment eine einzige Katastrophe. Meine Grizabella musste nach Hause zurückkehren, und ich vermisse sie schrecklich", knurrte er, als ob es meine Schuld wäre. Fairerweise musste ich zugeben, dass dies eigentlich auch ihre Flitterwochen waren, die sie nun getrennt voneinander verbrachten. Trotz all unseres Unglücks hatten Charles und ich wenigstens noch uns.

„Das tut mir wirklich leid", sagte ich, und meinte es auch so. „Sobald ich zurück bin, planen wir einen Trip nach Colorado, um sie zu besuchen, okay?"

„Bleibt mir eine andere Wahl? Wir können nichts

dagegen tun, wenn uns jemand das Herz stiehlt, und dieses süße Kätzchen hat sich nicht nur mein Herz, sondern auch meine Seele geschnappt." Bei diesen Worten seufzte er tief auf und ließ sich auf die Seite fallen.

Diese aufrichtige Liebeserklärung brach mir beinahe das Herz. Wenn Fellnasen ihre Liebe zeigten, wurde die Auserkorene zur Königin des gesamten Universums.

Während ich noch grübelte, was ich darauf erwidern sollte, schwang die Tür zu unserem Zimmer auf und Charles kam herein.

Ich deutete ihm an, sich zu mir aufs Bett zu setzen. „Apropos Kätzchen, hier ist jemand, der dich gerne kennenlernen möchte", sagte ich und positionierte den Bildschirm vor unserem kleinen schwarzen Findelkind.

„Also habt ihr in diesen paar Tagen bereits Ersatz für mich gefunden", sagte er, schnaubte dann jedoch leise auf, was mir verriet, dass es nur scherzhaft gemeint war.

„Hallo, Mr Octavius. Ich mag deine Bilder und deine Geschichte." Charlene kam mir irgendwie unsicher vor, als sie meinen Kater mit Komplimenten überschüttete.

Für ihn jedoch waren sie Balsam auf seine

Wunden. „Mein Mensch hat also mit mir geprahlt, was? Na ja, ich kann es ihr nicht verdenken.“

„Ja, und sie liebt dich sehr. Und deine Gefährtin ist die schönste Katze, die ich je in meinem Leben gesehen habe.“ Ja, Charlene verstand es, sich bei ihm einzuschmeicheln.

Er lächelte auch prompt breit und zeigte seine scharfen Zähne. „Ja, Kleines, damit hast du absolut recht. Hey, Angie, könnte ich dich mal kurz unter vier Augen sprechen?“

„Klar. Bin gleich wieder da“, versicherte ich Charles, begab mich in die Gemeinschaftstoilette und schloss mich darin ein.

„Dieses Kätzchen ist kaum alt genug, um von seiner Mutter getrennt zu werden. Wieso bitte ist es bei dir?“, fragte er, und Besorgnis spiegelte sich in seinen bernsteinfarbenen Augen wider.

„Seine Mutter ist verschwunden“, erklärte ich leise. „Wir suchen seit Tage ununterbrochen nach ihr, bisher jedoch ohne Erfolg.“

„Wenn ihr sie bis jetzt nicht gefunden habt, besteht kaum noch die Chance, dass sie zurückkommt“, erwiderte er mit gesenktem Blick, der mir verriet, dass er nicht unbedingt derjenige sein wollte, der mir diese schlechte Nachricht überbrachte.

„Ich weiß, aber wir müssen es zumindest versuchen."

Dann viel Glück. Ich hoffe, dass sich für sie noch alles zum Guten wendet. Sie scheint ein süßes Kind zu sein."

„Das hoffe ich auch", sagte ich und beendete den Anruf.

16

Als ich in unser Zimmer zurückkehrte, fand ich Charlene auf der Matratze auf und ab hüpfend vor, während Charles ihre entzückenden Possen filmte. „Hey, das macht richtig Spaß", jubelte sie.

Eigentlich sollten wir wieder nach draußen gehen, aber so allmählich wurde die Suche nach ihrer Mutter immer aussichtsloser. Und gerade im Moment machte die Kleine einen so glücklichen Eindruck, dass ich sie mit diesem abrupten Themenwechsel nicht erneut an ihren Verlust erinnern wollte. Also setzte ich mich zu Charles und sah ihr ebenfalls zu.

Irgendwann überkam sie die Müdigkeit, und so kuschelten wir uns zusammen und schauten gemeinsam einen Film auf meinem iPad. Danach machte Charles sich auf den Weg in die Stadt, um Essen und neue Vorräte zu organisieren, während ich gemeinsam mit Charlene weitere Webseiten von lokalen Tierrettungsorganisationen durchging, noch immer hoffend, eine Spur ihrer verlorenen Mommy zu finden.

Später am Abend aßen wir gemeinsam im Bett und genossen einfach die Gesellschaft des jeweils anderen. Anschließend verbrachten wir noch etwas Zeit im Freien und suchten weiter nach der Katzenmama, waren aber wieder erfolglos.

Also gingen wir schlafen, froh darüber, dass der Tag wesentlich besser geendet als begonnen hatte, was natürlich in erster Linie unserer Vorsicht zu verdanken war. Doch selbst wenn wir die restliche Woche in der Villa ohne größeren Schaden überstehen sollten, tickte die Uhr unaufhörlich. Uns blieb nicht mehr viel Zeit, um das Kätzchen mit seiner Mutter zusammenzubringen. Und da Charles und ich ja bereits unser Happy End bekommen hatten, wünschte ich mir das für unsere Kleine ebenfalls von ganzem Herzen.

* * *

Irgendwann in der Nacht wurde ich wach, als ich schwere Schritte vor unserer Tür vernahm.

Charles neben mir schien tief und fest zu schlafen, und seine leisen Atemzüge machten deutlich, dass ihn die Geräusche nicht im Geringsten gestört hatten. Somit musste ich wohl oder übel der Sache allein auf den Grund gehen, wenn ich nicht tatenlos zusehen wollte, wie jemand eine neue Falle aufstellte, in die wir am nächsten Tag ahnungslos tappen würden. Zudem hatte der Arme schon mehr als genug durchgemacht und brauchte seine Ruhe.

Also schlüpfte ich in meinen Bademantel, ging hinüber in die dunkle Küche und schaltete das Licht ein.

Ein Schopf regenbogenfarbener Haare begrüßte mich.

„Blaire, was hast du denn hier unten zu suchen?" Ich warf einen schnellen Blick auf die digitale Uhr über dem Herd. „Es ist zwei Uhr morgens!"

„Ich weiß, wie spät es ist", erwiderte sie schnippisch und schlug die Kühlschranktür zu, nicht jedoch, ohne vorher ein Milchkännchen herausgenommen zu haben.

„Ich dachte, die Küche sei für Gäste tabu", sagte ich frech, zu müde, um höflich zu jemandem zu sein, der mich ebenso schlecht behandelte.

Sie verdrehte die Augen. „Genau aus dem Grund bin ich ja auch mitten in der Nacht hier."

„Und nicht zum ersten Mal, stimmt's?", fragte ich, während ich beobachtete, wie sie zu einem der Schränkchen ging und ein Glas herausholte. Sie schien ganz genau zu wissen, wo sich was befand. „Wahrscheinlich warst auch du es, die beim Mittagessen das Abführmittel in den Kartoffelsalat gemischt hat."

Blaire versuchte gar nicht erst, ihren Lachanfall zu unterdrücken.

„Das ist nicht lustig!", fauchte ich und entriss ihr das Glas Milch, bevor sie es an die Lippen führen konnte. „Du hast die Kartoffeln vergiftet, Charles in seinem Zimmer eingesperrt und die Treppe sabotiert. Findest du nicht, es reicht langsam?"

Ihre Augen weiteten sich, als sie mit den Fingern über den Griff des Kännchens fuhr. „Beruhige dich wieder, okay? Ich habe nichts von alledem getan. Dein Mann und du, ihr seid mir so was von egal, dass ich keine Sekunde an euch verschwenden würde."

Nervös zupfte ich an der Haut meines Ellbogens herum. Hatte ich Blaire zu Unrecht beschuldigt, oder leugnete sie jetzt lediglich ihre Missetaten, weil sie erwischt worden war?

Sie stellte die Milch zurück in den Kühlschrank

und fragte: „Glaubst du wirklich, jemand hat die Treppe mit Absicht manipuliert?"

Ich nickte nachdrücklich. „Ja, und Charles hätte sich schwer verletzen können. Es grenzt schon beinahe an ein Wunder, dass ihm nichts weiter passiert ist."

Sie runzelte die Stirn und zeigte zum ersten Mal ein klein wenig Anteilnahme am Schicksal anderer Menschen. „Das sind ernstzunehmende Vorwürfe. Vielleicht solltest du mit Mademoiselle Blue reden, oder wie auch immer ihr Name ist."

„Was aber, wenn sie dahintersteckt?", entgegnete ich flüsternd.

Blaire runzelte erneut die Stirn und schüttelte den Kopf. „Warum sollte sie?"

„Warum sollte überhaupt irgendjemand all das tun? Wir kennen hier absolut niemanden. Das alles ergibt keinen Sinn." Ich seufzte und wurde immer frustrierter, je länger ich darüber nachdachte, was sich seit unserer Ankunft so zugetragen hatte.

„Wieso denkst du überhaupt, ich könnte es gewesen sein?", fragte sie, und unsere Blicke trafen sich kurz, bevor sie sich wieder dem Tresen zuwandte.

„Zum einen treibst du dich mitten in der Nacht hier herum, direkt neben unserem Zimmer. Zum anderen hast du dich köstlich amüsiert, sowohl über den Unfall auf der Treppe als auch über die Geschichte mit dem Abführmittel."

„Weil solche Dinge immer lustig sind, wenn sie jemand anderem passieren", sagte sie und verdrehte erneut die Augen.

„Ich fand das alles andere als lustig!" Wütend versetzte ich dem Glas Milch einen Stoß und verschränkte dann die Arme vor der Brust. „Ehrlich gesagt, weiß ich immer noch nicht, ob ich dich von der Liste der Verdächtigen streichen kann. Was hast du um diese Uhrzeit hier zu suchen?"

Jetzt senkte Blair ihre Stimme zu einem Flüstern. „Es ist nicht so, wie du denkst, okay?" Ihr übliches ironisches Grinsen wich einem flehenden Ausdruck.

„Wie dann?", verlangte ich zu wissen und zog fragend eine Augenbraue hoch. Entweder sie machte hier und jetzt den Mund auf oder sie konnte sich direkt auf ein zunehmend unangenehmer werdendes Verhör einstellen, auch wenn ich nicht vorhatte, Madame Blue da mit einzubeziehen.

Blaire musste das gespürt haben, denn sie hob genervt die Hände und grummelte: „Du bist so was von ätzend, weißt du das?"

Ich hielt ihrem Blick mit starrer Miene stand und wartete einfach ab.

„Also gut, komm mit. Ich werde dir zeigen, was ich versteckt halte."

Ich folgte ihr nach oben in den ersten Stock, in ein Schlafzimmer, das mindestens dreimal so groß war wie das, in das sie Charles und mich gesteckt hatten.

Nachdem sie das Licht angeschaltet hatte, wandte sie sich in Richtung Badezimmer. „Folge mir."

Ich beobachtete, wie sie sich vor dem Waschbecken bückte und ihr Glas Milch in eine Porzellanschale goss. Eine blitzartige Bewegung aus dem Schlafzimmer ließ mich aufmerken, und ich drehte mich gerade noch rechtzeitig um, um eine schwarze Katze auf uns zurennen zu sehen.

Nein, nicht schwarz. *Schildpattfarben.*

„Charlenes Mami!", rief ich erstaunt aus. „Du hattest sie die ganze Zeit über bei dir."

Die Katze drehte sich mit großen Augen zu mir um. „Du hast mein Baby gefunden?"

Gleichzeitig fragte Blaire: „Äh, was? Wer ist Charlene?"

„Ach, wir haben im Garten ein verlassenes Kätzchen gefunden und sie Charlene getauft. Seitdem sind wir auf der Suche nach ihrer Mutter", antworte ich leichthin und bemüht, meinen Fehler zu vertuschen.

„Was macht dich so sicher, dass dies hier die Mutter der Kleinen ist?", fragte Blaire herausfordernd und beäugte mich misstrauisch.

„Das bin ich! Ich bin ihre Mami! Bringst du sie zu mir?", flehte die Samtpfote, kam zu mir herüber und rieb ihren Kopf an meinem Knie.

Natürlich konnte ich schlecht zugeben, was das Baby mir erzählt und ihre Mommy soeben auch noch bestätigt hatte. Spätestens dann würde sie mich für komplett durchgeknallt halten. Also beschloss ich, zum Gegenangriff überzugehen. „Ganz ehrlich, wie hoch sind die Chancen, dass du ein Muttertier und wir ein Kitten auf demselben Anwesen finden?"

„Woher weißt du, dass ich sie gefunden habe? Es wäre doch durchaus möglich, dass ich sie von zu Hause mitgebracht habe, oder?" Blaire war nicht bereit, mich vom Haken zu lassen.

Ich musste ihrem überzogenen Selbstbewusstsein einfach mit einer gewissen Angeberei begegnen. „Hast du das?"

„Nein, aber darum geht es auch gar nicht. Du stellst hier jede Menge Vermutungen an ... erst in Bezug auf die Missgeschicke deines Mannes, und jetzt in Bezug auf die Katze."

„Okay, damit magst du wohl recht haben, aber irgendwie bin ich mir sicher, dass das die Mutter des

Kätzchens ist. Beide sind überwiegend schwarz, falls das etwas beweist. Dürfte ich die Kleine mal holen? An ihrem Verhalten sollten wir ja erkennen können, ob sie zusammengehören."

„Ja, ja, bitte, ich möchte meine Charlene sehen!", rief die schildplattfarbene Katze und fing an, vor Begeisterung an meinem Knie zu knabbern. „Ich habe sie so sehr vermisst!"

Blaire zuckte nur mit den Schultern, völlig unbeeindruckt von den Bitten ihrer neuen Katzenfreundin. „Gut möglich. Wenn ich mir dich damit von Hals halten kann", erwiderte sie schroff, und ich stürmte davon, bevor sie ihre Meinung wieder änderte.

17

ch kehrte ins Zimmer zurück und schaltete das Licht an, damit ich Charlene leichter finden konnte. Charles schlief trotz der Helligkeit weiter – das ganze Drama des Tages hatte ihn mehr oder weniger ausgeknockt.

„Charlene", flüsterte ich, als ich sie nicht sofort entdecken konnte. „Wir haben deine Mutter gefunden. Komm mit."

Die Kleine kam unter meinem verlassenen Kissen hervorgekrochen. „Was? Wirklich? Lass uns zu ihr gehen!", drängte sie fröhlich quietschend.

„Komm mit." Ich nahm sie hoch, löschte das Licht und joggte erneut hinauf ins Obergeschoss in Blaires Zimmer.

Kaum dass ich eingetreten war, kam auch schon

die Katzenmutter angerannt, und noch bevor ich die Kleine auf dem Boden absetzen konnte, zerrte sie an meinen Beinen und rief: „Mein Baby! Mein kleines Baby!"

„Mami!", miaute Charlene in ähnlich aufgeregtem Ton. „Du bist es wirklich!"

Blaire beobachtete die glückliche Wiedervereinigung von der Badezimmertür aus. „Okay, die Zwei gehören wohl tatsächlich zusammen", gab sie zu. „Das ist okay, auch wenn ich ursprünglich nicht vorhatte, zwei Katzen zu mir zu nehmen."

„Du willst Charlenes Mutter behalten?", fragte ich überrascht, obwohl mir das längst hätte klar sein müssen.

„Ich habe sie Socks getauft", teilte Blaire mir mit und kam zu mir herüber.

„Das ist zwar nicht mein Name", sagte die Mutter, während sie ihr Baby eifrig mit ihrer Sandpapierzunge säuberte, „aber ich habe nichts dagegen, wenn sie mich so nennt."

„Warum ausgerechnet Socks?", wollte ich wissen. Schon klar, dass die meisten Haustiere nach der Adoption von ihrem neuen Menschen umbenannt wurden, aber das hier ergab keinen Sinn. „Sie hat doch gar keine. Ihre Füße sind gänzlich schwarz."

Blaire grinste. „Das genau ist ja der springende Punkt. Es ist sarkastisch gemeint." *Aha.*

„Na dann, hallo Socks." Ich fuhr mit der Hand über den Rücken der schildpattfarbenen Katze, und sie hob freudig den Schwanz.

„Charlene gefällt mir auch nicht wirklich. Für sie lasse ich mir auch noch was anderes einfallen", verkündete Blaire nur wenige Sekunden später.

Keine der beiden Samtpfoten beachtete sie großartig, während sie laut eine Liste mit möglichen ironischen Namen durchging. „Ich denke, Snowball wäre passend", verkündete sie kurz darauf ihre Entscheidung. „Und untersteh dich, mich darauf hinzuweisen, dass sie nicht weiß ist. Genau darum geht es ja."

Abgesehen von den blöden Namen schien Blaire das katzenartige Mutter-Tochter-Duo wirklich zu mögen. Trotzdem nagte etwas an mir. „Du wirst dich doch gut um sie kümmern, oder?"

Meine als harmlos gedachte Frage schien sie zu kränken. „Natürlich werde ich das", knurrte sie mich an.

Ich sagte nichts darauf, sondern schaute zu Charlene hinunter. Es war an der Zeit, Abschied zu nehmen, und ich konnte in Blaires Beisein nicht einmal mehr mit ihr reden. Mit Sicherheit würde ich das kleine Kuschelbällchen ganz arg vermissen, aber sie bekam ja das, was sie sich die ganze Zeit über gewünscht hatte, und ein Zuhause noch obendrein.

„Ich schätze, ich sollte euch dann alle mal wieder schlafen lassen." Trotz dieser Worte zögerte ich noch. „Wir haben noch einige Vorräte für Charl – ähm, Snowball – in unserem Zimmer. Die bringe ich dir morgen früh vorbei. Sag mir bis dahin Bescheid, ob du sonst noch etwas brauchst, okay? Charles und ich werden im Laufe des Vormittags auschecken und uns ein Hotel in der Stadt suchen."

Interessiert starrte sie mich an. „Weil jemand versucht hat, deinen Mann umzubringen?"

„Ich weiß nicht, ob man ihn umbringen wollte, aber ja. Ganz ehrlich, wir fühlen uns hier nicht sicher."

„Wenigstens hast du einen Ort, wo du hin kannst. Ich habe zwei Katzen und kein Zuhause mehr." Ihre Augen schimmerten feucht, ein unerwarteter Gefühlsausbruch bei dem ansonsten so stoischen Mädchen. „Dylan und ich haben uns heute getrennt. Ich bleibe halt einfach so lange hier, bis die alte Dame merkt, dass ich nicht zahlen kann und mich rauswirft."

Sie tat mir in der Seele leid, zumal es bei mir genau umgekehrt war ... ich befand mich in den Flitterwochen. „Brauchst du Geld, Blaire?", bot ich ihr freundlich an.

Sie schnaubte. „Was ich brauche, ist ein Job. Da Dylan und ich in derselben Firma arbeiten, habe ich dort natürlich direkt gekündigt. Den Gedanken, ihn jeden Tag sehen zu müssen, würde ich nicht ertragen. Das wäre zu peinlich."

„Ich bin mir sicher, du wirst etwas finden." Mein Optimismus kam bei ihr leider nicht gut an.

„Na klar, Boomer", fuhr sie mich an. „Ich latsche einfach in ein Büro und ergattere direkt meinen Traumjob, ohne auch nur ein einziges Vorstellungsgespräch führen zu müssen. Und dann bekomme ich eine Hypothek auf mein Traumhaus mit drei Zimmern, einfach nur, indem ich mit den Wimpern klimpere und verspreche, mit den Zinsen nicht in Verzug zu geraten. Dann fehlt nur noch ein weißer Lattenzaun rund um mein Grundstück herum, und ich lebe glücklich bis ans Ende meiner Tage. Vielen Dank, ich scheiß auf die ganze Prinz-Charming-Fassade."

Oha, die Reaktion war heftig.

„Ich bin nicht annähernd alt genug, um ein Boomer zu sein." Ich bemühte mich, nicht zu verärgert zu klingen, da das Mädchen eh schon viel durchmachen musste. „Dennoch habe ich ein gutes Gefühl, was deine Zukunft anbelangt, auch wenn du da anderer Meinung bist."

Mit diesen Worten machte ich auf dem Absatz kehrt und ging.

Charlene war so in das Wiedersehen mit ihrer Mutter vertieft, dass sie es nicht einmal mitbekam. Nun ja ... das war wahrscheinlich das Beste. Und selbst wenn Blaire sonst nichts mehr hatte, dann doch zumindest die Liebe zweier ganz besonderer Katzen.

Langsam schlich ich zurück zur Treppe und versuchte, mir darüber klar zu werden, wie ich mich in diesem Moment fühlte. Die letzten anderthalb Tage hatten Charles und ich uns fast ausschließlich darauf konzentriert, die vermisste Mutterkatze zu finden, und jetzt, wo es uns endlich gelungen war ... würde ich die Kleine ganz schrecklich vermissen.

Vielleicht war ich doch schon mehr bereit, Mama zu werden, als ich ursprünglich angenommen hatte. Oder vielleicht mochte ich einfach nur Katzen.

Wer wusste das schon?

Ich jedenfalls nicht.

Kurz hielt ich inne, um vom Fenster der Nebentreppe aus in den Garten zu schauen und erschrak, als ich draußen eine Bewegung ausmachen konnte.

Leider waren aufgrund der Dunkelheit nur Umrisse zu erkennen.

Was hatte das zu bedeuten? Nach Mitternacht war definitiv keine Zeit, um im Garten zu arbeiten. Könnte das, was da draußen vor sich ging, irgendwie mit all dem Ärger zusammenhängen, mit dem Charles und ich seit unserer Ankunft konfrontiert waren? Handelte es sich bei der Person womöglich um den Schuldigen, der bereits die nächste Sabotage vorbereitete?

Ich musste mir das unter allen Umständen genauer ansehen.

18

iesmal musste ich Charles leider wecken. Es bedurfte einiger Anstrengung, aber irgendwann schlug er die Augen auf.

„Wie spät ist es?", stöhnte er und hob die Hände vors Gesicht, um sich vor dem grellen Licht zu schützen.

„Spät", gestand ich mit einem entschuldigenden Schulterzucken. „Tut mir echt leid. Es ist nur so … ich habe Charlenes Mutter gefunden, und draußen im Garten geht irgendetwas Merkwürdiges vor sich. Ich würde mich sicherer fühlen, wenn du mit mir mitkommen würdest."

Er kämpfte darum, sich im Bett aufzusetzen. „Du hast ihre Mutter gefunden?", fragte er erstaunt, keuchte aber direkt schmerzverzerrt auf.

„Oh, Liebling." Ich streckte die Hand aus und streichelte ihm über die Schulter, und er lehnte sich gegen mich. „Ich schätze, der Sturz war doch heftiger, als ursprünglich angenommen. Lass mich nur schnell eine Paracetamol einwerfen, und dann ..."

„Nein, ist schon gut, du solltest hierbleiben und dich ausruhen." Ich hätte ihn besser gar nicht erst geweckt. Natürlich hatte er nach dem schrecklichen Unfall erst einmal gute Miene zum bösen Spiel gemacht, um mich nicht zu beunruhigen. Und jetzt hatte ich durch meine unbedachte Aktion alles nur noch schlimmer gemacht, indem ich ihn störte, obwohl er dringend Ruhe brauchte.

Er tat meine Bedenken mit einer Handbewegung ab und sprang praktisch aus dem Bett, als wollte er mir beweisen, wie fit er war. „Und die Show verpassen? Kommt nicht in Frage."

Schnell schluckte er eine Kapsel, sogar ohne etwas nachzutrinken, und klatschte dann in die Hände, um zu signalisieren, dass er bereit war. „Dann lass uns mal nachsehen, was da draußen vor sich geht. Und danach musst du mir unbedingt erzählen, wie und wo du Charlenes Mutter entdeckt hast."

„Das werde ich. Ich kann dich sogar morgen früh zu ihr bringen. Jetzt jedoch sollten wir uns sputen ...

wer weiß, wie lange die Person sich noch draußen rumtreibt."

Charles schloss die Tür hinter uns und warf mir einen besorgten Blick zu. „Ein Mensch? Und was macht er oder sie?"

„Das konnte ich nicht erkennen, würde es aber zu gerne herausfinden."

„Unbedingt", war das Letzte, was wir zueinander sagten. Dann schlichen wir auf Zehenspitzen durchs Haus und hinaus in die Gärten.

Uns an den Händen haltend, bewegten wir uns auf die dunkle Gestalt zu, um einen besseren Blick erhaschen zu können. Das Geräusch einer Schaufel, die den Boden bearbeitete, hallte durch die nächtliche Stille.

„Was war das denn? Glaubst du, jemand vergräbt eine Leiche?", flüsterte ich, während mir ein eiskalter Schauer über den Rücken jagte.

„Ich glaube ..." Charles beugte sich zu mir herunter, um mir etwas ins Ohr flüstern zu können, „dass meine Frau aufhören sollte, sich so viele Dokumentationen über wahre Verbrechen reinzuziehen."

„Wer ist da?", durchbrach die Stimme eines Mannes die kühle Nacht. Anscheinend waren wir nicht leise genug gewesen. Offensichtlich war unsere extreme Müdigkeit dafür verantwortlich, dass unsere verdeckte Spionageaktion fast unmittelbar aufgeflogen war.

Charles ließ meine Hand los und stellte sich vor mich, um mir Schutz vor wem auch immer zu bieten. „Wir wollten nur etwas frische Luft schnappen", verkündete er und ging weiter vorwärts, mit mir im Schlepptau.

„Wer sind Sie, und was machen Sie hier?", rief ich mit zitternder Stimme.

Der Mann knipste eine Taschenlampe an und leuchtete damit unter sein Gesicht, was einen schaurigen Effekt erzeugte. „Ich bin es, Bill."

„Arbeiten Sie immer nachts im Garten?", erkundigte sich Charles unverbindlich, in fast schon plauderndem Tonfall. Kein Wunder, immerhin war er Experte, was das Befragen von Zeugen und Verdächtigen anging.

„Normalerweise nicht, aber heute hatte ich tagsüber, nach dem Fiasko mit der Treppe und dem Zimmerwechsel, keine Zeit mehr dafür. Und da morgen wieder ein anstrengender Tag zu werden verspricht, dachte ich mir, ich erledige das jetzt, bevor die alte Dame merkt, dass ich mit meinen Aufgaben im Rückstand bin." Er trat einen Schritt zurück, und ein vertrauter, übler Geruch stieg mir in die Nase.

„Ist das Stinktierkohl?", fragte ich und schlug mir die Hand vors Gesicht.

Billy ließ den Strahl seiner Taschenlampe über das frisch gepflanzte Kraut wandern. Etwa die Hälfte der prächtigen gelben Rosen war ausgegraben worden, um Platz für ihren höchst unerwünschten Nachfolger zu schaffen, und das machte mich richtig traurig. Die Bienen liebten diese Rosen und hatten wahrscheinlich vorgehabt, ihren neuen Bienenstock in deren Nähe zu errichten. Jetzt würde die gleiche Pflanze, die sie bereits aus ihrem aktuellen Nest vertrieben hatte, auch diese Alternative zunichtemachen.

„Warum in aller Welt reißt man Blumen heraus und pflanzt an ihrer statt dieses eklige Kohlgewächs?", fragte Charles, der lediglich neugierig klang. Ich jedoch kannte ihn inzwischen gut genug, um zu wissen, dass er kurz davor stand zu explodieren.

„Wegen dieser verdammten Bienen", beschwerte sich Billy, hob die Hand und wischte sich den Schweiß von der Stirn. „Sie verschrecken die Gäste. Madame Blue vermutet, dass sie schuld am Rückgang unserer Buchungen sind. Und da sie das Geld braucht, will sie die Insekten hier raus haben. Natürlich können wir sie nicht umbringen, also versuche ich, sie mit natürlicheren Mitteln zu vertreiben."

„Aber dadurch zerstören Sie diese wundervollen Grünanlagen", wandte ich ein und ließ meinen Blick über den Ort wandern, an dem wir die letzten Tage so viel Zeit verbracht hatten und an den meine Eltern sich auch nach Jahrzehnten noch so gerne zurückerinnerten.

Er schwenkte seine Taschenlampe auf die entwurzelten Rosen. „Meinen Sie die hier? „Nein. keine Sorge. Die kommen vorläufig in Töpfe und werden wieder eingesetzt, sobald die pelzigen Biester verschwunden sind. Es entsteht also kein Schaden."

Außer für die Bienen. Man zwang sie dazu, ihren angestammten Lebensraum zu verlassen, nur weil Madame Blue nicht erkannte, dass die wahren Gründe für ausbleibende Gäste einzig und allein der rüde Umgangston des Personals und das heruntergekommene Haus waren.

Charles und ich jedenfalls konnten es kaum erwarten, von hier wegzukommen.

19

Am nächsten Morgen waren Charles und ich trotz unseres seltsamen nächtlichen Ausflugs früh auf den Beinen. Er wollte unbedingt Charlene und ihrer Mutter noch einen Besuch abstatten, um sich zu verabschieden, bevor wir zusammenpackten und uns ein durchschnittliches, langweiliges Hotel in der Stadt suchten. Nur zu gerne war ich bereit, das in Kauf zu nehmen, solange es meinen Mann vor weiterem Unglück bewahrte.

Das einzige Problem war, dass wir keine Ahnung hatten, wann Blaire normalerweise aufstand, und ich wollte keinesfalls diejenige sein, die die launische junge Frau aus dem Schlaf riss. Also entschieden wir uns, den Plan umzuwerfen, erst einmal in dem

Gemeinschaftsbad zu duschen und direkt danach unsere Siebensachen zusammenzusuchen. Als das erledigt war, verschlangen wir ein paar der Proteinriegel, die Charles bei seinem letzten Einkauf mitgenommen hatte.

„Danach gibt es für den Rest der Woche aber nur noch feinste Südstaatenkost", versprach er mir und zog mich an sich.

„Und frei von Abführmitteln, richtig?", scherzte ich, bevor ich ihm einen Kuss auf die Wange drückte. Einerseits brauchte er dringend eine Rasur, andererseits gefiel mir auch diese neue, entspannte Seite meines Mannes. Und das Gestrüpp rund um sein Kinn ließ ihn noch attraktiver erscheinen. Vielleicht sollte ich ihn überreden, sich grundsätzlich einen Bart stehen zu lassen?

In Erinnerung an den gestrigen Tag presste er eine Hand auf seinen Magen. „Das hoffe ich doch sehr."

Ich zog die Brauen hoch. „Haben wir uns zu früh gefreut?"

„Nein, es ist nur ..." Urplötzlich schwieg er. „Hast du das auch gehört?"

Unisono richteten wir den Blick auf die geschlossene Tür, von wo aus ein leises, aber anhaltendes

Kratzen an unsere Ohre drang und dann plötzlich verstummte.

„Meinst du, es könnte Charlene sein?", fragte ich, und diese Vorstellung erfüllte mich mit Freude. Eigentlich hatte ich angenommen, wir müssten noch mindestens ein paar Stunden warten, bevor wir Blair und die Katzen zu Gesicht bekamen, aber offensichtlich hatte ich mich geirrt.

Charles grinste ebenfalls. „Es gibt nur einen Weg, das herauszufinden."

Schnell liefen wir auf die Tür zu, und er öffnete sie. Als wir jedoch nach unten blickten, war da nichts zu sehen.

„Was ist das denn?", hörten wir just in diesem Moment Madame Blue kreischen, die unser Kätzchen am Genick in die Luft hielt.

Charlene drehte und wandte sich, schaffte es jedoch nicht, sich aus ihrem festen Griff zu befreien. Erbost stapfte ich zu ihnen hinüber und entriss die Kleine den Klauen der schrecklichen Alten. „Wieso sind Sie so gemein?", brüllte ich sie an.

„Sie kannten die Regeln", fauchte sie zurück. „Haustiere sind hier nicht erlaubt!"

„Sie ist kein Haustier, sondern lediglich ein armes, verlorenes Kätzchen, das von ihrer Mutter getrennt wurde."

Noch bevor Madame Blue etwas darauf erwidern konnte, näherten sich stampfende Schritte, und eine ziemlich atemlose Blaire kam auf uns zugestürmt.

„Da bist du ja, Snowball!", rief sie erleichtert.

„Gehört diese Katze Ihnen?", verlangte die Verwalterin zu wissen.

„Ja", entgegnet sie und reckte trotzig das Kinn in die Höhe.

„Noch einmal, keine Haustiere auf diesem Anwesen!", rief Madame und wurde ganz rot im Gesicht.

„Ach so", war alles, was Blaire darauf erwiderte, bevor sie mir das Kätzchen aus den Armen nahm.

Madame Blue schnaubte auf, offenbar verunsichert, wie sie auf die Gleichgültigkeit der jungen Frau reagieren sollte.

Indessen wandte Charlene sich in deren Armen und drehte sich zu Charles und mir um. „Bitte entschuldigt, falls ich euch Ärger gemacht habe. Ich habe nur nach euch gesucht, euch vermisst!", wimmerte sie mit leiser, trauriger Stimme.

Wieder einmal wurde mir das Herz schwer, gleichzeitig war ich aber auch noch unglaublich wütend.

„Und?", hakte Blaire nach, während sie der Kleinen liebevoll über den Rücken strich. „Hat es Ihnen endlich mal die Sprache verschlagen?"

„Junge Dame, ich lasse mich in meinem eigenen Haus nicht beleidigen", wetterte die Verwalterin.

„Ach so, das dürfen nur Sie, ja? Sich Ihren Gästen gegenüber respektlos benehmen. Deshalb reisen wir auch ab", mischte ich mich ein, die Hände kampfeslustig in die Hüften gestemmt. „Seit unserer Ankunft jagte ein Problem das andere, aber Ihnen war es piepegal, dass mein Mann durch die Treppe brach, und das nur deshalb, weil Sie es nicht schaffen, Ihr Haus in Ordnung zu halten. Sie zwangen uns, das Zimmer zu wechseln, sperrten ihn im Schlafzimmer ein und schütteten ihm ein Abführmittel in den Kartoffelsalat. Und zu allem Überfluss hassen Sie auch noch Tiere, in erster Linie die hilfreichen Bienen, und jetzt auch noch dieses süße, unschuldige Kätzchen."

Die alte Frau blinzelte mehrmals heftig. „Was für absurde Anschuldigungen. Nichts davon trifft zu."

„Ist dem so? Dann sollten Sie sich vielleicht uns gegenüber erklären", meinte Charles. Seine Stimme klang so viel ruhiger als meine, was mich in diesem ganzen irren Szenario mal wieder als die Böse dastehen ließ.

Madame Blue lehnte sich an die Theke. Auch sie zitterte vor Wut, was exakt meiner Stimmung entsprach.

„Ich lasse das Haus alle fünf Jahre überprüfen, damit nichts verkommt. Bei der letzten Inspektion vor zwei Jahren war die Treppe völlig in Ordnung, so dass der Unfall ganz gewiss nicht auf Fahrlässigkeit meinerseits zurückzuführen ist. Ich habe mich praktisch selbst in den Ruin getrieben, um die Villa vorschriftsmäßig zu unterhalten und die historische Gesellschaft zu besänftigen. Und was das Einschließen im Zimmer anbelangt: Alte Türen klemmen eben manchmal. Es sind schließlich noch Originale, und habe ich Ihnen nicht sofort nach meiner Rückkehr geholfen? Und zum Thema Essen ... wie können Sie es wagen, meine Kochkünste zu beleidigen und mich zu beschuldigen, etwas in die Kartoffeln getan zu haben? Wir haben schließlich alle davon gegessen, und niemandem außer Ihnen ging es schlecht hinterher. Vielleicht haben Sie sich einen Virus eingefangen, keine Ahnung, aber an meinem Mahl lag es mit Sicherheit nicht. Warum Haustiere nicht erlaubt sind, habe ich Ihnen allen bereits erklärt. Dies hier ist mein Unternehmen, und ich habe das Recht, die Regeln festzusetzen. Was, wenn ein Gast hochgradig allergisch auf sie reagieren würde?“

„Und was ist mit den Bienen?“, fragte ich herausfordernd, da sie auf diese Anschuldigung bisher noch gar nicht eingegangen war. „Warum tun Sie alles, um sie vom Grundstück zu vertreiben?"

Auf diese Bemerkung reagierte sie ziemlich verdattert. Sie trat sogar einen Schritt zurück, als hätte man ihr eine Ohrfeige verpasst. „Wie kommen Sie denn darauf? Ich liebe die Bienen, verwende ihren Honig jeden Morgen in meinem Tee und hatte sogar vor, die rückläufigen Buchungszahlen des Hotels dadurch aufzufangen, indem ich ihren Honig auf dem örtlichen Bauernmarkt verkaufe. Exakt aus diesem Grund war ich gestern auch erneut bei der Bank, um einen Kredit zu beantragen. Sie haben recht, ich hasse es, mich mit undankbaren, selbstgefälligen Gästen abgeben zu müssen, aber meine Bienen sind mein ein und alles."

„Warum pflanzen Sie dann Stinktierkraut und Ochsenschwanz-Gänseblümchen und andere Dinge, die die Blütenpracht ersticken?", hakte Charles nach. Ich bewunderte es, wie ruhig er dabei blieb. Wahrscheinlich lag es nur an ihm, dass Madame Blue sich überhaupt zu dieser Unterhaltung herabließ.

„Ich tue nichts dergleichen! Die Gärten sind mein ganzer Stolz, aber seit meinem Sturz letzten Winter kann ich mich nicht mehr so gut bewegen wie früher. Also habe ich diese Aufgabe Billy übertragen."

„Dem sind wir heute Nacht um kurz vor drei draußen begegnet", verriet Charles ihr. „Er grub sämtliche Rosen aus und ersetzte sie durch diese stinkenden Kohlgewächse, angeblich auf Ihre Anordnung hin, weil die Bienen die Gäste verschrecken würden."

Blues Reaktion war ein echter Schock.

„Unmöglich, das kann er nicht gesagt haben!", beharrte sie und schüttelte nachdrücklich den Kopf.

Charles seufzte. „Vielleicht sollten Sie besser mal selbst einen Blick in Ihren Garten werfen."

Gemeinsam marschierten wir nach draußen, Blaire und Charlene im Schlepptau, und zeigten ihr all die Stellen, an denen das Stinkekraut sowohl gepflanzt als auch systematisch zertrampelt worden war, und die Beete, wo Gänseblümchen gegen eine ähnlich invasive Spezies getauscht wurden.

„Ich kann das alles noch gar nicht fassen", sagte Madame Blue mit brüchiger, leiser Stimme. Es war das erste Mal seit unserer Ankunft vor zwei Tagen, dass sie nicht brüllte.

„Sieht so aus, als hätte der gute Billy Einiges zu erklären", sagte Blaire grinsend, zückte ihr Handy und startete die Videoaufnahme. Das Mädchen schien für Dramen zu leben.

Und ich? Ich wünschte mir nichts mehr als eine glückliche Lösung für alle Beteiligten, vor allem natürlich für die Bienen.

Und natürlich konnte ich es kaum erwarten zu hören, was Billy zu alledem zu sagen hatte.

20

Gemeinsam begaben wir uns hinauf in den zweiten Stock des alten Steinhauses.

„Billy! Komm auf der Stelle raus!", brüllte Madame Blue durch die geschlossene Tür.

Er grummelte etwas, das nicht zu verstehen war, tauchte jedoch gleich danach auf, wobei er vergessen zu haben schien, sich etwas überzuziehen. „Was ist denn los? Sie wissen ganz genau, dass mein Dienst erst in einer Stunde anfängt", beschwerte er sich. Dann riss er erstaunt die Augen auf, als er das Gefolge erblickte, das sich seiner Arbeitgeberin angeschlossen hatte – mich, Charles, Charlene, Blaire und natürlich Blaires Handy, das bereits aufzeichnete.

„Moment, ich schlüpfe nur schnell in ein Hemd", murmelte er und warf die Tür vor unserer Nase zu.

Wir warteten schweigend, bis sie sich wieder öffnete und er uns hereinbat. Sein Zimmer war ähnlich winzig wie das im Erdgeschoss, in das man uns verlegt hatte, und mit uns Fünfen darin konnte man sich kaum noch bewegen. Allerdings wollte auch niemand sich seine Erklärung entgehen lassen.

„Und?", verlangte Billy mit einem abfälligen Gesichtsausdruck zu wissen. „Was ist so wichtig, dass es keine weitere Stunde mehr warten konnte?"

Die alte Dame quetsche sich zu ihm durch und stieß ihm mit dem Finger in die Brust. „Was ist mir da über den Stinktierkohl und die Bienen zu Ohren gekommen?"

„Was denn?", erwiderte Billy mit sanfter Stimme. „Sie haben mich doch selbst gebeten, einen Weg zu finden, die Bienen loszuwerden, und so habe ich mich für eine natürliche Methode entschieden."

„Bist du verrückt? Das habe ich niemals getan!" Frustriert stampfte sie mit dem Fuß auf. „Wir wissen doch beide, wie viel sie mir bedeuten."

Ihr Gehilfe kniff die Augen zusammen. „Aber natürlich haben Sie das angeordnet, Mrs Bluebell. Warum hätte ich sonst all diese Arbeit auf mich nehmen sollen?"

„Du elender Lügner!", zischte sie.

„Ich lüge nicht", widersprach er ruhig. „Geben Sie

mir kurz Zeit, mich anzuziehen, dann fahre ich Sie in die Stadt zu Ihrem Arzt. Wir wussten doch beide, dass dieser Tag kommen würde."

„Wenn du damit anzudeuten versuchst, ich sei senil, musst du dir schon etwas anderes einfallen lassen. Meine Hüften mögen schlecht sein, und auch mein Gehör ist nicht mehr das, was es einmal war, aber mein Gedächtnis ist noch völlig in Ordnung. Also komm mir jetzt nicht so. Du hast in eigener Regie gehandelt!"

Beide klangen so überzeugend, dass es schwer zu sagen war, wer von ihnen log.

„Klopf, klopf", ertönte plötzlich vom Flur aus eine Stimme, und noch bevor jemand antworten konnte, betrat Madeline Mackenzie den Raum. Wie immer trug sie ein Hawaiihemd, jedoch schon wieder ein anderes. Wie viele dieser Teile mochte sie wohl noch in ihrem Kleiderschrank haben?

„Ich habe Schreie gehört und wollte mich nur vergewissern, dass alles in Ordnung ist." Sie warf Billy einen vielsagenden Blick zu, und in diesem Moment machte es bei mir Klick.

„Sie!", rief ich, trat an sie heran und deutete mit dem Finger anklagend in ihre Richtung. „Sie sind diejenige, die all diese Unfälle arrangiert und meinen Mann in unserem Zimmer eingesperrt hat. Und ich könnte wetten, Sie waren es auch, die an der Treppe herumgebastelt hat.“

„Das ist doch lächerlich!“

„Das Spiel ist aus, Madeline“, warf Billy ein, und eine mehr als offensichtliche Erleichterung machte sich auf seinen Zügen breit. „Gib es doch einfach zu.“

Alle warteten darauf, dass irgendjemand etwas gestand, aber niemand machte den Mund auf.

„Sie wollten das Haus für sich allein haben“, fuhr ich fort, „und dafür waren Sie bereit, alles zu tun, selbst wenn andere Gäste dadurch Schaden nahmen.“

„Was für dumme und beleidigende Anschuldigungen!“, ereiferte Mrs Mackenzie sich lautstark.

Ich näherte mich ihr noch weiter und stieß ihr den Finger in die Brust, so wie Blue es bei Billy getan hatte. „Und dennoch wahr!“ Nun brüllten wir beide.

„Ich habe nichts dergleichen getan“, wetterte sie und verschränkte die Arme vor der Brust.

„Können Sie das beweisen?“, mischte Charles sich mit ruhiger Stimme ein.

Als Antwort knurrte sie nur.

„Ich vielleicht“, sagte Blaire, kam mit dem Telefon in der Hand nach vorne und reichte es mir.

„Wie du ja weißt, schleiche ich nachts öfters durch die Gegend, um mir Sachen aus der Küche zu holen. Eigentlich hätte ich vorhin schon zwei und zwei zusammenzählen sollen, aber egal … Schau dir das mal an." Sie drückte auf *Play*, und meine Augen wurden groß aufgrund der Szene, die sich mir bot. Da standen doch tatsächlich Mrs Mackenzie und Billy am Fuß der kaputten Treppe, allerdings zu einem Zeitpunkt, als sie noch ganz war.

„Die beiden haben mich nicht gesehen, und ich dachte, es wäre eine Art mitternächtliches Rendezvous zwischen zwei Liebenden, trotz des offensichtlich enormen Altersunterschiedes."

„Warum hast du das aufgenommen?"

Sie zuckte lediglich mit den Schultern. „Ich filme grundsätzlich alles. In dem Fall hatte ich die Hoffnung, es könnte entweder lustig oder eben schmuddelig werden und mir für eine Erpressung dienen. Da ich ja kein Geld habe, um meine Unterkunft zu bezahlen, dachte ich, ich könnte es gegebenenfalls dafür hernehmen, um einen von beiden dazu zu bewegen, die Rechnung für mich zu begleichen … sozusagen als Gegenleistung für meine Diskretion. Allerdings habe ich diesen Tiefpunkt bisher noch nicht erreicht."

Ich konzentrierte mich auf die Aufnahme, sah, wie die beiden sich eine Weile unterhielten und immer wieder auf die Treppe deuteten, sich dann umarmten und in verschiedene Richtungen davongingen.

„Worüber haben sie gesprochen?", fragte ich, verwirrt, gleichzeitig jedoch auch glücklich über diesen Beweis.

„Nur irgendetwas über Pläne, und dass sie bereit seien. Wie gesagt, ich hielt es ursprünglich für eine Affäre, aber womöglich ging es um etwas gänzlich anderes. Vielleicht waren sie Komplizen, die daran arbeiteten, euren Aufenthalt zu sabotieren."

Weder Billy noch Mrs Mackenzie äußerten sich zu dieser Anschuldigung. In diesem Moment stieß Mr Mackenzie zu unserem kleinen Kreis.

„Was soll dieses Gerede über eine mögliche Liebelei?", fragte er gutmütig, da er diese Theorie offensichtlich für vollkommen abwegig hielt.

„Wir glauben ..." fing ich an, aber Blaire fiel mir ins Wort.

„Tut mir leid, Ihnen das so direkt sagen zu müssen, aber Ihre Frau betrügt Sie mit diesem Kerl da." Sie deutete auf Billy.

Mackenzies Blick wanderte zwischen seiner Frau und dem jungen Mann hin und her, und dann brach er in schallendes Gelächter aus. „Niemals. Das ist unser Sohn. Wussten Sie das nicht?"

„Wie war das?", brüllte Madame Blue. „Wieso hat mir das niemand gesagt?"

„Das haben wir anscheinend vergessen", sagte Mrs Mackenzie und schaute verlegen drein.

„Vielleicht wollten Sie ja auch einfach nicht, dass sie es weiß?", schlug ich vor, unbeeindruckt von der schockierenden Wendung, die dieser ganze Vorfall nahm. So allmählich schienen sich die Puzzleteile zusammenzufügen. „Wann genau haben Sie Billy als Hilfe eingestellt?", fragte ich die alte Verwalterin.

„Vor ungefähr zwei Jahren. Warum?"

„Also nach der letzten Generalinspektion des Gebäudes, richtig?"

„Nur ein paar Monate später, ja. Das Ausmaß der erforderlichen Reparaturen, die sie mir auferlegten, machte mir klar, dass ich das nicht mehr allein stemmen konnte."

Madame Blue, mit Ihrem Gedächtnis ist alles in Ordnung. Man hat Sie reingelegt", verkündete ich dramatisch.

„Dass ich noch klar im Kopf bin, weiß ich selbst auch, aber was meinen Sie mit reingelegt?"

„Diese beiden" – ich deutete auf Mutter und Sohn – „haben gemeinsam versucht, Ihr Geschäft zu sabotieren. Mrs Mackenzie liebt diese Villa über alles und würde sie am liebsten selbst besitzen, kommt aber da nicht ran, solange Sie sie nicht zum Verkauf anbieten. Also schleuste sie ihren Sohn Billy hier ein, sozusagen als Maulwurf. Sein Job war es, heimlich Dinge zu beschädigen, die Gärten zu zerstören und die Gäste zu ermutigen, im Internet negative Kritiken zu posten", fügte ich hinzu, als mir wieder einfiel, was er beim Zimmerwechsel geäußert hatte. Er war sogar so weit gegangen, uns vorzuschlagen, negative Rezensionen im Internet zu hinterlassen. „Das Verscheuchen der Bienen sollte wohl die letzte Aktion sein, um Sie dazu zu bringen, die Villa aufzugeben."

Mr Mackenzie zog irritiert eine Augenbraue hoch. „Das sind sehr ernste Anschuldigungen, die Sie da vorbringen."

„Und doch sind sie wahr."

„Sie können mir überhaupt nichts beweisen", sagte Billy schnippisch.

„Tja, Freundchen, Sie haben sich mit den falschen Gästen angelegt", entgegnete ich schmunzelnd. „Mein Mann ist Anwalt, und ich bin Privatdetektivin."

„Und ich nehme fast alles, was sich so ereignet, mit dem Handy auf", fügte Blaire hinzu.

„Ich bin mir sicher, dass wir mit ein wenig Nachforschungen eine Zeitleiste der Ereignisse zusammenstellen können und Quittungen für Reparaturen finden, die nie stattgefunden haben ... und womöglich sogar ein Attest von Madame Blues Arzt bekommen, das beweist, dass ihr Gedächtnis völlig in Ordnung ist.“

„Vielleicht sollten wir auch noch einen Inspektor hinzuziehen, der die Treppe überprüft und uns bestätigt, dass sie vorsätzlich manipuliert wurde.“

„Das ist nicht nötig“, schnaubte Mrs Mackenzie. „Wir werden gehen, und Sie bekommen Ihre Suite zurück. Das ist es doch, was Sie beide in erster Linie wollten, oder?“

„Es geht hier um so viel mehr als nur ein Zimmer, Madeline.“

„Habt ihr wirklich all das getan, wessen sie euch beschuldigen? Billy?“, fragte Mr Mackenzie mit ernster Miene. „Natürlich wollten wir alle diese Villa haben, aber waren wir uns nicht einig, dass wir warten würden, bis die alte Frau gestorben ist? Gott weiß, dass das bald genug geschehen könnte.“

„Billy, du bist gefeuert“, knurrte Madame Blue. „Verschwinde von meinem Grundstück.“

„Moment noch. Bevor Sie abreisen ...“ Charles trat mit einer Visitenkarte in der Hand vor. „Ich vertrete Madame Blue in einer Klage auf Schadensersatz wegen mutwilliger Zerstörung von Eigentum. Sie hören in Kürze von mir.“

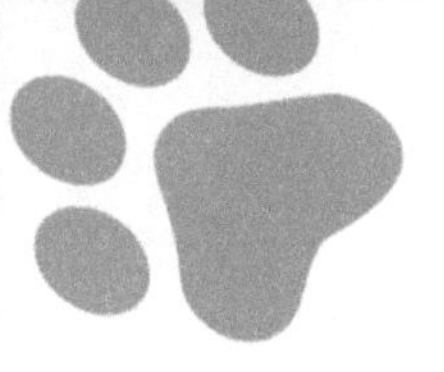

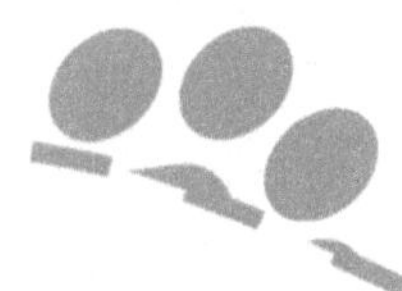

EPILOG
VIER TAGE SPÄTER ...

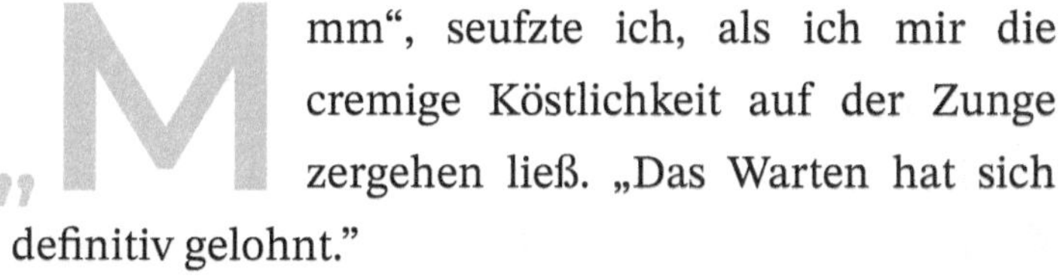

"Mmm", seufzte ich, als ich mir die cremige Köstlichkeit auf der Zunge zergehen ließ. „Das Warten hat sich definitiv gelohnt."

„Ein Hoch auf dieses Mahl", sagte Charles und stieß mit seiner Gabel gegen die meine, während die Sonne über dem Garten aufging.

„Bereit für eine weitere Runde?", fragte Madame Blue und trat mit einer halb gefüllten Pyrex-Schüssel, in der sich noch mehr der leckeren hausgemachten Käsebrötchen mit Hacksauce befanden, an unseren Tisch.

„Wir sollten aber auch etwas für Blaire aufheben", schlug ich vor und wischte mir mit der Serviette über den Mund. „Sie wird hungrig sein, wenn sie mit dem Umpflanzen der Rosen fertig ist."

Es war der letzte Tag unseres Aufenthaltes in der alten Steinvilla, die meine Eltern so sehr liebten, und jetzt, wo Billy und seine Eltern weg waren, war sie der absolut perfekte Ort für einen Urlaub. Gestern war der Inspektor vorbeigekommen, um Haus und Grundstück zu checken. Zwar warteten wir noch auf einen offiziellen Bericht, aber er hatte bereits angedeutet, dass seit der letzten Begutachtung Schäden im Wert von mindestens sechzigtausend Dollar entstanden waren.

Charles hatte keine Zeit verschwendet und die Mackenzies direkt wissen lassen, dass sie für alle Schäden in doppelter Höhe würden aufkommen müssen – oder er würde wegen des Unfalls, den er auf der manipulierten Treppe erlitten hatte, ebenfalls Klage einreichen, die er mit Sicherheit gewinnen würde.

Madame Blue brauchte natürlich noch immer Hilfe, und da Blaire nach wie vor ohne Bleibe war, beschlossen die beiden, sich zusammenzutun. Blaire hatte bereits begonnen, ihrer neuen Arbeitgeberin beizubringen, wie sie mit Hilfe der sozialen Medien mehr Buchungen generieren konnte. Sie hatten sogar ein Inserat bei AirBnB eingestellt, und die ersten Gäste wurden für Ende des Monats erwartet.

Die beiden schienen perfekt zu harmonieren.

Blaires einzige Bedingung war, dass Socks trotz des Haustierverbots bleiben durfte.

Allerdings nur Socks ... Charlene würde mit uns nach Hause kommen.

Aufgrund unserer gemeinsam verbrachten Zeit hatten wir sie richtig lieb gewonnen, und auch die Kleine hing so sehr an uns, weshalb sie sich auch aus Blaires Zimmer geschlichen hatte, um nach uns zu suchen.

„Ich liebe meine Mami, aber jetzt bin ich alt genug, um mein eigenes Leben führen zu können, und nur zu gerne würde ich bei euch bleiben", erklärte sie, als sie uns bat, ihre neue Familie zu werden.

Auch Socks war einverstanden. „Das ist ganz normal für Katzen, und es ist die größte Freude einer Mutter, zu wissen, dass ihr Kind sein Glück gefunden hat. Danke dafür, dass ihr meinem süßen Baby ein neues Zuhause schenkt."

So war es also beschlossen.

„Eigentlich war von Anfang an klar, dass wir zusammengehören. Ihr Name, der meinem so ähnlich ist, war ein Zeichen", sagte Charles.

Auch ich freute mich unheimlich über den neuen Familienzuwachs, konnte allerdings nur hoffen, dass Octocat, Jacques und Jillianne das neue Baby akzeptieren würden. Somit hatten wir jetzt meinen Kater, Charles' Katzen und ein Fellknäuel, das uns beiden gehörte. Aber wie ich aus Erfahrung wusste, würde es einige Zeit dauern, bis die vier sich zusammengerauft hatten ... Katzen eben.

„Bereit für eine Pause?", brüllte Madame Blue durch den Garten.

Blaire stand auf und streifte die übergroßen Gartenhandschuhe ab. „Ich bin am Verhungern", gab sie zu, als sie zu uns herüberkam.

„Du hättest doch nicht so früh aufstehen und direkt mit der Arbeit beginnen müssen", sagte ich.

„Wahrscheinlich nicht, aber ich wollte sicherstellen, dass ich euch vor eurer Abreise noch sehe", erwiderte sie lächelnd. Ja, mittlerweile war unser Verhältnis schon fast freundschaftlich zu nennen, ein weiterer großer Erfolg in dieser Woche.

„Wann kommt der Imker wieder vorbei?", wollte Madame Blue wissen. Dank der hohen Summe, die die Mackenzies ihr würden zahlen müssen, hatte sie jetzt genug Geld, um ihren Traum von einer eigenen Honigproduktion in die Tat umzusetzen. Der Imker würde sie bezüglich des Baus eines neuen Bienenhauses beraten und das derzeitige Völkchen inspizieren, und sie würden gemeinsam überlegen, wie sie am besten noch mehr Bienen in die Anlage integrieren könnten.

Die Regentschaft von Königin Bey würde in die Annalen eingehen … na ja, wenn Bienen denn solche hätten.

„Hattest du eine gute Woche?", fragte Charles, als wir ins Auto einstiegen, um, mit Charlene im Schlepptau, nach Maine zurückzukehren.

„Die beste überhaupt", antwortete ich und gab ihm einen liebevollen Kuss. „Jetzt kann ich auch nachvollziehen, warum es Mom und Dad hier so gut gefällt."

„Ich ebenso." Er lächelte und stieß einen wehmütigen Seufzer aus. „Was hältst du davon, wenn wir unseren ersten Hochzeitstag auch wieder hier verbringen? Bis dahin sind es gerade mal noch elf Monate."

„Ich kann es kaum erwarten", antwortete ich mit einem letzten Blick auf das bezaubernde steinerne Herrenhaus. Es gab so viele Erinnerungen, die wir von hier mitnehmen würden.

„Auf Wiedersehen, Mommy", rief Charlene ihrer Mutter fröhlich zu, und dann war es an der Zeit, zu unserem nächsten Abenteuer aufzubrechen.

. . .

Alles Gute hat einmal ein Ende, und von daher wird der nächste Band um Angie und ihre bunte Truppe auch der letzte sein. Wie wird die Geschichte wohl enden, bevor alle davonreiten, dem Sonnenuntergang entgegen … natürlich nur bildlich gesprochen.

Lasst euch auf keinen Fall dieses große Finale entgehen! Hole dir noch heute dein persönliches Exemplar und fange direkt an zu lesen.

WIE GEHT ES WEITER?

Jetzt ist es passiert. Jemand hat mein Geheimnis gelüftet.

Was als harmlose Online-Belästigung beginnt, wird schnell wesentlich bedenklicher, als mein Erpresser unwiderlegbare Beweise für meine Fähigkeit, mit Tieren sprechen zu können, vorlegt und damit droht, mich vor aller Welt bloßzustellen.

Wenn sich das mit meiner geheimen Superkraft herumsprechen sollte, wird nichts mehr so sein wie vorher – weder für mich noch für all diejenigen, die ich liebe.

Da mehr auf dem Spiel steht als je zuvor, beschließen Octocat und ich, diesen letzten Fall zu übernehmen ... die Identität des anonymen Schurken aufzudecken. Und anschließend müssen wir uns die schwierigste aller Fragen stellen: Wie geht es jetzt weiter?

Hole dir noch heute dein persönliches Exemplar und fange direkt an zu lesen.

Viel Spaß!

KURZE VORSCHAU
DETEKTIVISCHES DILEMMA

Mein Name ist Angie Russo, und alles in allem habe ich ein ziemlich erfülltes Leben. Lange Zeit hatte ich Schwierigkeiten, meinen Weg zu finden und einen Abschluss nach dem anderen erworben, ohne zu wissen, was genau ich eigentlich werden wollte.

Nie hätte ich damit gerechnet, dass mein mieser Job als Anwaltsgehilfin in der hiesigen Kanzlei mir nicht nur Charles, den weltbesten Ehemann, sondern auch noch meine sehr spezielle, *sehr geheime* Fähigkeit bescheren würde.

Also, ja, ich kann mit Tieren sprechen, und diese Tatsache ist es, die meinen Alltag mehr oder weniger bestimmt.

Alles begann damit, dass mir während einer Testamentseröffnung eine defekte alte Kaffeemaschine einen Stromschlag verpasste und ich das Bewusstsein verlor. Als ich wieder zu mir kam, hockte ein Kater auf mir, der zufälligerweise der Alleinerbe sämtlicher Besitztümer der Verblichenen war. Mit seinem abscheulich nach Thunfisch stinkenden Atem teilte er mir mit, dass seine alte Dame keines natürlichen Todes gestorben sei und es nun an mir läge, ihm zu helfen, den Fall aufzuklären und den Mörder zu überführen.

Anfangs konnte ich nur mit ihm sprechen – mit Octocat, wie ich den Guten ab dato nannte. Inzwischen jedoch unterhalte ich mich mit so ziemlich jedem Tier, das dazu bereit ist. Zu meinem festen Gefolge gehören neben meinem Kater auch die beiden haarlosen Katzen meines Mannes, Jacques und Jillianne, unser neu adoptiertes Kätzchen Charlene und Pringle, der Waschbär, der sich in ein schickes Baumhaus in unserem Garten einquartiert hat.

Paisley, die kleine Chihuahua-Hündin, die meine Großmutter aus dem Tierheim geholt hatte, ist bei ihr geblieben, als sie mit ihrem frisch angetrauten Ehemann Grant in ein eigenes Haus zog. Es ist ungewohnt, die Kleine nicht mehr ständig um mich zu haben und ich vermisse sie schrecklich, obwohl ich sie immer noch fast jeden Tag sehe. Zumindest hat sie einen Spielgefährten an ihrer Seite – Grants gerettetes Häschen namens Nini.

Obwohl es seltsam ist, so ohne Grandma, muss ich gestehen, dass mir das Eheleben ausgesprochen gut gefällt, auch wenn Charles mittlerweile zum Seniorpartner dieser zuvor erwähnten Anwaltskanzlei avanciert ist und sehr viel arbeitet. Ich hingegen habe kaum etwas zu tun, da es meiner Privatdetektei wie üblich an Kunden mangelt.

Also fasste Großmutter den Entschluss, diesen Umstand zu nutzen und mich in die Geheimnisse eines perfekt organisierten Haushalts einzuführen. Putzen kann ich mittlerweile schon recht gut. Meine Kochkünste jedoch lassen nach wie vor sehr zu wünschen übrig. Aber da ich ja jede Menge Zeit habe, wird auch das noch werden.

Um meine Tage zumindest halbwegs sinnvoll zu gestalten, lese ich inzwischen mehrere Bücher pro Woche. Das ist einerseits zwar traumhaft, andererseits langweilt es mich so allmählich.

Bitte versteht mich nicht falsch … Mir gefällt es natürlich, in die Abenteuer anderer einzutauchen. Aber noch lieber würde ich meine eigenen erleben und nicht nur Zuschauer sein. Da tut sich aber leider in letzter Zeit nicht allzu viel.

Schon eigenartig, wie öde es sein kann, wenn alle Wünsche in Erfüllung gegangen sind. Fast fühlt es sich so an, als hätte man nichts mehr, wonach man streben könnte. Als hätte man bereits alles erreicht – und noch viel mehr.

Mit Charles' großzügigem Gehaltsscheck und Octocats Treuhandfonds sind wir zwar finanziell mehr als gut aufgestellt. Trotzdem wäre ich wesentlich zufriedener, wenn mein eigenes Business besser laufen würde.

Dagegen sprechen vorrangig zwei Gründe. Erstens haben Großmutter und Mom sich von Anfang an eingemischt und das Gewerbe bei der staatlichen Behörde zwar auf meinen Namen, aber als Pet Whisperer P.I. angemeldet. Aus der Nummer komme ich nicht mehr raus. Zweitens bin ich nicht die alleinige Inhaberin. Octocat ist mein Partner. Und mit ihm zusammenzuarbeiten, ist nicht immer einfach.

Eigentlich will er überhaupt nicht arbeiten. Und schon gar nicht mehr, seit er meine Hochzeit zum Anlass genommen hat, seine langjährige Fernbeziehung zu Grizabella, einer ehemaligen Showkatze, zu legitimieren. Und nachdem Charles und ich die kleine Charlene aus den Flitterwochen mitgebracht hatten, blühte unser Octavius in seiner neuen Rolle als Vollzeit-Papa so richtig auf und kritisiert mich permanent. So allmählich habe ich die Hoffnung aufgegeben, dass er sich je ändern wird.

* * *

„Sitz doch mal gerade", knurrte Octocat, kaum dass er unser gemeinsam genutztes Büro betreten hatte.

Ich stieß einen langen, frustrierten Seufzer aus, richtete mich auf und klappte meinen Laptop zu. Dann drehte ich mich auf meinem Schreibtischstuhl zu meinem vierbeinigen Partner um. „Wo ist Charlene?", erkundigte ich mich und zog fragend eine Augenbraue hoch.

Er hockte sich vor mich hin und leckte sich träge eine Pfote. „Die Nackedeis haben sie sich geschnappt und erteilen ihr Unterricht in was weiß ich."

Ich stöhnte auf. „Kannst du nicht endlich damit aufhören, so respektlos von deinen neuen Geschwistern zu reden?" Trotzdem fand ich es entzückend, dass alle drei unseren Neuankömmling so liebevoll aufgenommen hatten und sich sogar dazu herabließen, sie zu unterrichten. Und auch wenn ich wenig bis keine Ahnung hatte, was sie ihr in diesen Stunden beibrachten, schienen alle mit dem Ergebnis mehr oder weniger zufrieden zu sein. Also fragte ich nicht weiter nach.

Er ließ seine Pfote auf den Boden plumpsen und starrte mich mit großen, bernsteinfarbenen Augen an. „Würde es dir besser gefallen, wenn ich sie wieder als Eindringlinge tituliere?"

„Aber ihr kommt mittlerweile doch alle bestens miteinander klar", argumentierte ich und trommelte mit den Fingern auf meinem Knie herum, während ich verzweifelt überlegte, wie ich das Gespräch in eine andere Richtung lenken konnte, bevor mein Katzenpartner wieder aggressiv wurde.

Er legte den Kopf schief. „Deshalb ja der neue Spitzname. Du kannst ja wohl kaum abstreiten, dass sie splitterfasernackt sind, Angela. Wenn sie an dieser Tatsache etwas ändern wollten, hätten sie sich längst ein Fell wachsen lassen."

Ich beschloss, diese Feststellung lediglich mit einem Augenrollen zu quittieren.

Sein Blick wanderte zum Schreibtisch, dann zurück zu mir. Glücklicherweise war er es, der das Thema wechselte, auch wenn mir das, was er jetzt zu sagen hatte, nicht viel besser gefiel. „Bist du schon wieder fertig mit deiner Arbeit? Du hast doch gerade erst gefrühstückt."

„Ich komme einfach nicht richtig vorwärts und finde es nicht gut, Charles' sauer verdientes Geld für die ganzen Anzeigen auszugeben, die doch offensichtlich nichts bringen."

„Wann immer du mein Geld zum Fenster hinausgeworfen hast, hattest du nie ein schlechtes Gewissen", erwiderte er überheblich.

Hitze stieg mir in die Wangen. „Das war etwas völlig anders", druckste ich herum und blickte verlegen auf die Hände in meinem Schoss, bevor ich mich wieder ihm zuwandte.

„Ach so?" Er neigte erneut den Kopf zur Seite und musterte mich neugierig. „Da bin ich jetzt aber gespannt. Schieß los."

„Na ja, du bist mein Geschäftspartner, und es ist ja nicht so, als würdest du wirklich für dein Gehalt etwas tun", murmelte ich irgendwie kleinlaut. Leider konnte ich ihm in Sachen Selbstbewusstsein nie das Wasser reichen.

„Wie bitte? Ich arbeite nichts?", erwiderte er höhnisch. „Ich glaube es nicht. Der Meinung bist du also? Dann lass dir mal gesagt sein, dass ich gewissermaßen Tag und Nacht schufte, um dich im Auge zu behalten."

Ich presste beide Handflächen auf meine Oberschenkel und erhob mich. „Hör zu, ich will wirklich keinen Streit mit dir anfangen oder so. Momentan bin ich einfach frustriert, das ist alles."

„Den Grund dafür habe ich dir schon lang und breit erklärt. Du hast deine Dienste einfach zu oft umsonst angeboten, und jetzt will niemand mehr etwas dafür bezahlen."

Ich seufzte. Octocat war zweifellos ein guter Detektiv, allerdings ein lausiger Geschäftsmann. Okay, ich war auch nicht besser, aber immerhin hatte ich erkannt, dass ich noch viel lernen musste. Er hingegen schien sich in allen Dingen für unfehlbar zu halten.

An der Tür hielt ich inne und drehte mich nochmals zu ihm um. „Es ist ja nicht so, dass ..."

„Ganz zu schweigen davon, dass du das einzige Mal, als du einen gutsituierten Kunden hattest, ihm das Verbrechen anhängen musstest", fuhr er mit immer lauter werdender Stimme fort, als wäre dieses das Dümmste, was ihm je untergekommen war.

„Er war ja auch schuldig", gab ich zurück. Ehrlich gesagt reichte es mir schon wieder, aber aus Erfahrung wusste ich, dass mein Kater nicht eher lockerlassen würde, bis er mir alles an den Kopf geworfen hatte, was es dazu zu sagen gab. Und das konnte dauern. „Ich hätte also deiner Meinung nach ein

Auge zudrücken sollen, nur weil er bereit war, uns zu bezahlen?"

Er zuckte mit den Schultern. „Alles, was ich damit anzudeuten versuche, ist, dass es aus unternehmerischer Sicht keine clevere Entscheidung war."

Hmm ... hatte er recht damit? War ich, was unser Business anbelangte, ein hoffnungsloser Fall? Welche Option blieb mir? Losziehen und mich von einer anderen Detektei anstellen lassen? Nein, das kam nicht in Frage! Ich wollte mein eigener Herr bleiben, also sollte ich mich anstrengen, auch den bürokratischen Teil auf die Reihe zu bekommen. *Uff!* Oder war es an der Zeit, mir meine Niederlage einzugestehen? Alle anderen Träume waren wahr geworden. Warum also klammerte ich mich wie eine Besessene an den letzten, der sich nicht erfüllen wollte?

„Vielleicht sollte ich Charles um einen Job als Anwaltsgehilfin bitten", seufzte ich. „Darin war ich gar nicht schlecht. Dann hätte ich endlich wieder etwas zu tun und würde mich nicht so nutzlos fühlen."

Als Antwort darauf knurrte er mich an. „Untersteh dich, mich hier den ganzen Tag allein zu lassen. Was, wenn ich frisches Wasser benötige? Oder wenn jemand an der Tür klingelt?"

Ich ignorierte ihn und ging den Flur hinunter zur

großen Treppe. Vielleicht würde ich mich bezüglich dieser Sache der gescheiterten Geschäftsfrau besser fühlen, wenn ich etwas zu Mittag gegessen hatte.

War zehn Uhr morgens zu früh für die zweite Mahlzeit des Tages?

Hole dir noch heute dein persönliches Exemplar und fange direkt an zu lesen.

ÜBER MOLLY FITZ

Obwohl USA-Today-Bestsellerautorin Molly Fitz genau genommen nicht mit Tieren sprechen kann, führen sie und ihre drei tierischen Co-Autoren oft tiefgründige und lebhafte Gespräche, während sie den alltäglichen Dingen des Lebens nachgehen.

Molly lebt mit ihrem Kind und ihrem eigenen Privatzoo irgendwo in der Wildnis von Alaska. Gelegentlich wagt sie sich hinaus, um ein exquisites Essen zu genießen, einen guten Kaffee zu trinken oder neue Tierfreunde zu treffen.

Erfahre mehr über Molly und ihre deutschen Veröffentlichungen, indem du dich gleich für ihren Newsletter anmeldest:

www.katzengeheimnisse.com

MISS DOLITTLES GEHEIMNIS

Angie Russo hat sich gerade mit dem ersten sprechenden Katzendetektiv von Blueberry Bay zusammengetan. Gemeinsam mit seiner bunt zusammengewürfelten Schar menschlicher und tierischer Helfer ist Octocat fest entschlossen, jede Situation zu retten – solange sie nicht mit seinem persönlichen Zeitplan kollidiert.

Viel Spaß mit Band 1 – **Kommissar Katerchen**

MERLINS MAGISCHE ABENTEUER

Gracie Springs ist keine Hexe ... ihr Kater hingegen schon. Jetzt muss sie alles in ihrer Macht Stehende tun, um sein Geheimnis zu wahren, oder sie riskiert, den Rest ihres Lebens in einem magischen Gefängnis zu verbringen. Zu dumm, dass sie den Ärger geradezu magnetisch anzuziehen scheint!

Viel Spaß mit Band 1 – **Merlin findet eine Vertraute**

AGENTUR FÜR PARANORMALE ZEITARBEIT

Tawny Bigfords gewöhnlich zu nennendes Leben nimmt eine magische Wendung, als sie über die Leiche ihrer Vermieterin stolpert und von einer sprechenden schwarzen Katze rekrutiert wird, die Rolle der Verstorbenen als offizielle Stadthexe von Beech Grove, Georgia, zu übernehmen.

Viel Spaß mit Band 1 – **Eine Hexe für alle Gelegenheiten**

DAS GEISTERHAFTE GÄSTEHAUS (MIT TRIXIE SILVERTALE)

Sydney Coleman hat alles erreicht – und doch steht sie irgendwann vor dem Nichts. Gerade, als sie ihr neues Bed and Breakfast eröffnen will, stellt sich ihr ein Geistertrio auf Schritt und Tritt in den Weg. Die Geister bestehen darauf, dass sie den Mord an ihrer Herrin aufklärt, aber Sydney braucht dringend Geld. Wenn nicht bald ein paar zahlende Gäste eintreffen, ist ihre Spukvilla dem Untergang geweiht.

Viel Spaß mit Band 1 – *Mörderischer Mondschein*

VERBINDE DICH MIT MOLLY

Wenn du ebenfalls ein großer Fan von spannenden, schrägen Tierkrimis bist, sollten wir unbedingt Freunde werden.

Wie wäre es, wenn du direkt einmal meine Facebook-Seite besuchst, die ich speziell für meine treuen deutschen Leser eingerichtet habe? Hier der Link dazu:

Facebook.com/Katzengeheimnisse

Oder melde dich für meinen Newsletter an und sichere dir als Abonnent gratis ein digitales Geschenkpaket, einschließlich einer exklusiven Kurzgeschichte über Octocat:

Katzengeheimnisse.com/Abonnieren